W0318548

kremayr
scheriau

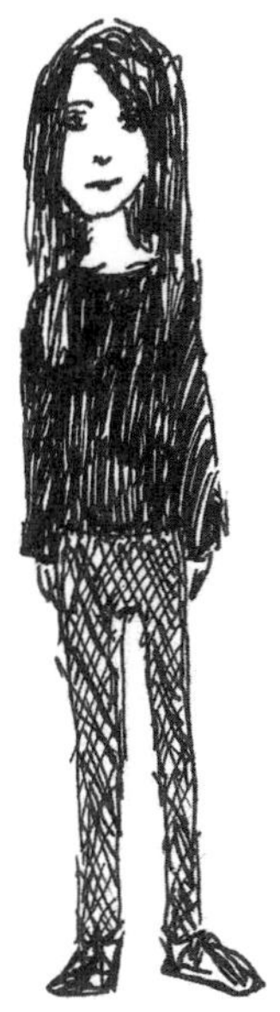

183 Tage.

Ianina Ilitcheva

2012 – 2013

Hallo,

mein Name ist Ianina Ilitcheva und ich stelle meine sozialen Interaktionen ein halbes Jahr lang ein.

Folgende Regeln stelle ich auf:

Der Kontakt zu meinen Freunden und Bekannten wird völlig eingestellt, lediglich unverzichtbare Termine werden wahrgenommen. Die Benutzung des Internets wird auf ein absolutes Minimum reduziert. Anrufe, Kurznachrichten und Emails sind nicht erwünscht, Briefe jedoch sehr. Ich sage meinen Freunden, dass sie mich unangekündigt aufsuchen dürfen, wissend, dass die Entfernung zu meiner Wohnung ein natürliches Hindernis darstellen wird. Ich kommuniziere eine Erreichbarkeit in Notfällen.

Eine Ausnahme bildet meine engste Familie, aber auch zu ihr schränke ich den Kontakt ein. Ich erlaube mir, allein unter Menschen zu gehen. Sofern sich zufällig eine Begegnung oder ein Gespräch ereignen sollte, werde ich es begrüßen und passieren lassen, danach suchen werde ich nicht.

Einen Bruch dieser Regeln könnte es auf Reisen geben, derer sind zwei geplant.

Weitere Vorgaben gibt es nicht, genauso wenig einen Plan oder eine Vermutung, was alles passieren könnte.

Prolog

In wenigen Tagen startet mein Experiment der Selbstentziehung.

Es ist, als bereite man sich auf eine sehr lange Reise vor. Man fragt Freunde, welche Musik sie einem empfehlen würden und welche Bücher sie gerade lesen. Man möchte so viele geliebte Menschen wie nur möglich treffen und mit ihnen Zeit verbringen. Man plant ein gemütliches Abschiedsfest zuhause, man sucht sich eine passende Veranstaltung für die letzte rauschende Nacht vor dem Eintauchen in die Einsamkeit. Man benachrichtigt Menschen, die man nicht so oft sieht, von denen man aber weiß, dass sie sich Sorgen machen würden, wenn man ein halbes Jahr nichts von sich hören lässt. Man bittet um Adressen von jenen, deren Adressen man nicht kennt, bietet die Option eines Briefkontaktes an. Man setzt ein Blog auf, in das man einmal im Monat eine Nachricht an die Außenwelt schreiben wird, gleich einem Reiselogbuch, um zu erzählen, was einem passiert, dass man noch lebt.

Man erklärt das Vorhaben bestimmt einhundert Menschen einhundert Mal und jedes Mal ist man ganz aufgeregt und entdeckt eine neue Facette der Vorfreude und Spannung, fürchtet sich mit jedem weiteren Tag, der vergeht, ein bisschen mehr. Man wird ermuntert, stößt auf Erstaunen und Unverständnis, stößt auf Verständnis, entdeckt hier und da einen Hauch von Sorge, einen leisen Unterton von Mitleid.

Je öfter ich über das Projekt spreche, desto deutlicher erahne ich die Unterschiede, wie Menschen mit dem Alleinsein umgehen. Für den einen bedeutet die Vorstellung großes Leid, das mit Verlust einhergeht. Für einen anderen klingt das Alleinsein nach dem Paradies einer einsamen Insel, nach Abenteuer, nach dem Ablegen der Verantwortungen und Zwänge des Alltags. Wiederum andere sehen das Alleinsein als Zeit der Ruhe, als eine Chance, sich neu zu erfinden. In meiner Vorstellung gibt es alles davon. Nichts wird mir erspart bleiben und ich möchte nichts auslassen.

Alleinsein. Mit sich selbst allein sein. Das heißt: Leben, Denken, Arbeiten, ohne äußere Einflüsse, ohne Inspiration, die durch Gespräche mit anderen entsteht. Das soziale Leben – das war immer schon meine große Stärke. Kontakte zu knüpfen und zu pflegen, das ist mir immer leicht gefallen. So viel kann sich bewegen, wenn man sich austauscht, wenn man Gemeinsamkeiten findet, wenn man Diskussionen führen kann, die anregen zu denken, zu fühlen, auf neue Ideen zu stoßen – das ist so groß und wichtig. Wie wird es sein, wenn ich mich genau dem entziehe, woraus ich so viel schöpfe? Wird das, was ich mein bisheriges Leben lang an Informationen, an Erlebnissen und Erfahrungen gesammelt und in mir archiviert habe, genügen? Wie wird mein Alltag aussehen, ohne die mediale Vernetzung, ohne den permanenten Informationsfluss? Werde ich genug Inspiration finden, um künstlerisch zu arbeiten, oder werde ich mich nur als leere Maschine vorfinden, die ständig neues Rohmaterial braucht, um es zu bearbeiten und am Ende etwas ausspucken zu können. Die größte Herausforderung aber wird das persönliche Schreckgespenst sein: Einsamkeit. Werde ich es schaffen, an den äußersten Rand des Alleinseins zu gehen und kann ich an diesem inneren Ort bleiben, mich vielleicht sogar wohl fühlen? Kann ich mit mir selbst genug anfangen, kann ich mich selbst aushalten, wenn ich nichts anderes bin als das Ich? Werde ich etwas finden, das ich noch nicht kenne, und wird es mich erschrecken und davonlaufen lassen, oder könnte ich es bergen und benutzen?

Ich kann jederzeit abbrechen und zur Normalität zurückkehren, sage ich mir. Aber ich will nicht ohne triftigen Grund abbrechen. Ich möchte alles erfahren, was mir diese Reise zum Selbst offenbaren wird. Ich will bis an den äußersten Rand des Erträglichen gehen. Ich traue mir zu, den *Point of no Return* nicht zu verpassen, aber ich will ihn sehen und ich will wissen, was da ist. Ich will meine Grenzen nicht nur aus der Weite erahnen, ich will sie mit meinen eigenen Händen berühren. Und wer weiß, vielleicht komme ich gar nicht an die Grenzen. Das fürchte ich weitaus mehr als das Äußerste. Ich habe Angst davor, dass mir einfach nur langweilig sein wird. Dass sich nichts bewegt und dass mich nichts bewegen wird. Ich fürchte mich davor festzustellen, nicht relevant genug für mich selbst zu sein. Und dass ich keine Kunst schaffen kann, aus dem, was in mir ist.

Ich weiß nicht, ob ich es „Tag 1" oder „Tag 2" nennen soll. Eine wichtige Entscheidung. Es ist der zweite Tag. Man kann es nicht leugnen. Den ersten habe ich noch im Internet verbracht, weil ich schlecht vorbereitet war. Die letzten Spuren aufgegebener Social-Media-Auftritte gelöscht, die letzten wichtigen Nachrichten abgefragt, letzte Erklärungen und Verabschiedungen ausgesprochen. Ein ganzer Tag. Ein Makel. Ein Makel gleich zu aller Anfang.

Gestern war ich noch ...

Aber nun also, heute:

O

Tag 2 von 183.

Aufwachen. Es überkommt mich gleich mal der reflexartige Wunsch nach einem Blick auf die Twitter-Timeline. Das Verlangen zieht sich durch den ganzen Tag.

Das sind also die ersten Entzugserscheinungen, vor denen man mich schon gewarnt hatte. Ich darf nicht schwach werden. Ich spüre es, das Ziehen, die Stimmen der Sirenen, die mich, tapfere Seemännin, locken und einlullen. Komm, das Vermissen deiner Lieben ist ein legitimer Grund, um doch kurz mal nachzusehen, es ist ja erst der Anfang von allem, da kommen noch viele Gelegenheiten, tapfer und stark zu sein, aber man muss es ja nicht gleich so hart ...

Doch. Nein, ach, ich kenne mich doch. Ich kann mich nur leider nicht selbst an den Mast des Schiffes fesseln, zu ungeschickt sind meine Hände beim Binden fester Knoten. So stehe ich also an Deck und halte mir die Ohren zu und schließe die Augen, um den betörenden Gesängen und funkelnden Gestalten der Sirenen zu widerstehen. Schöne Metapher. Gefällt mir.

Es ist schwer, wirklich.

Nein, ich habe noch längst nicht realisiert, was „ein halbes Jahr" bedeutet. Ich habe keine Vorstellung davon, wie lange das sein soll. Nicht,

dass ich nicht schon mal so etwas wie „ein halbes Jahr“ erlebt hätte, aber so ist es doch, nicht wahr, man lebt so dahin und jeden Tag ist ein halbes Jahr von irgendwann vor einem halben Jahr vorbei. Und es fällt nicht auf. Nur Geburtstage fallen uns auf, und die zählen wir dann auch und messen uns, wer schon wie viele hatte. Aber jeden Tag geht ein Jahr vorbei, jeden Augenblick geht eine Ewigkeit … oder ist das mit der Ewigkeit doch anders? Oder doch auch genau so? Interessant.

Es ist kurz vor Mitternacht. Ein starker Wind rauscht lautstark durch die großen Bäume hinter meiner Wohnsiedlung. Ich mache mir Sorgen um meine Tomatenpflanzen, die wirklich riesig geworden sind. Es wäre schade, wenn sie umknicken. Die Tomaten schmecken gut und es macht mir Freude, sie zu ernten.

Sorgen. Immerzu Sorgen. Warum immer diese Sorgen um so viele Dinge. Der Wind wird stark sein oder schwach sein, sie werden umknicken oder werden nicht umknicken. Vertrauen ist nicht einfach, obwohl es doch in der Theorie wirklich einfach klingt: Vertrauen.

Beginne mit
1 Selbstportrait/Tag

2/183

Diese unfassbare Blitzaktivität. Ich weiß, ihr seht das auch und seid genauso sprachlos wie ich.

Die gleißenden Lichtfurchen einen uns.
Alle unter demselben Himmel.

6/183

Hallo.

Heute ist mir ein Netz Zwiebeln auf den Fuß gefallen.

Tschüß!

7/183

Selbstgespräche.

8/183

letzte Nacht hat sich meine Bettdecke in der Mitte zusammengefaltet und auf mich draufgelegt.

9/183

Das Erwerben von Lebensmitteln hat mich befriedigt.

11/183

Streichele mein mageres Dekolleté
mit einer mageren Scheibe Schinken.

11/183

linker Zeigefinger,
Papercut

12/183

... nicht minder als mein
ganzes Herz.

O

Tag 14 von 183.

Ich bin zwar weg, aber ich bin trotzdem immer noch an mein altes soziales Netzwerk gebunden. Ich bin nicht da, aber trotzdem erfahre ich Dinge. Aus Briefen und raren Besuchen.

Na? Was tut sich so? Erzähl mal.

Man erzählt mir, dass M. glaubt, das ganze Projekt sei eine Aktion emotionaler Erpressung. Als würde ich mich nur deshalb so dramatisch von meinem sozialen Umfeld abwenden, um damit Druck auf ihn auszuüben. Wieder einmal bin ich missverstanden worden. Das passiert mir öfters. Ich kann nicht genau sagen, warum das so ist, vielleicht drücke ich mich und meine Beweggründe zu kryptisch aus. Es sind Menschen da draußen, die mich kennen und die trotzdem so etwas von mir denken.

Ich habe das Gefühl, man traue es mir nicht zu, alle 183 Tage fortzubleiben. Als wäre das alles nur ein Spiel, als wäre das nur ein neckisches oder pathetisches Sich-Rarmachen. Das stimmt mich ein wenig traurig. Sollte sich diese Meinung gehalten haben, wenn ich am dritten Februar zurückkomme, werde ich es aufzuklären wissen. Jetzt aber mache ich gar nichts. Ja, ich ärgere mich. Ich hätte auch ohne das Wissen um die Zweifel mir gegenüber leben können.

Wieder eine Lektion. Egal, wie sehr man sich entzieht, das Leben außerhalb der eigenen Sphäre strahlt durch das winzigste Loch in der Markise und zeigt ein auf dem Kopf stehendes Bild von dem, was draußen vor sich geht.

16/1/83

Ich weiß garnicht,
ob man das lesen
kann. Das Licht ist
sehr schlecht und
auf der Schreibhand
liegt ein Kopf.

17/183

Ich sitze also in diesem seltsamen Raumschiff und sehe zu, wie sich die mir bekannte Sonne immer weiter entfernt, gleichzeitig werden andere Sonnen heller.

heute:
Ich weiß nicht.
Ich weiß es nicht.
Ich fühl mich so allein.
Ich fühle, als wüsste ich nichts.
18/183

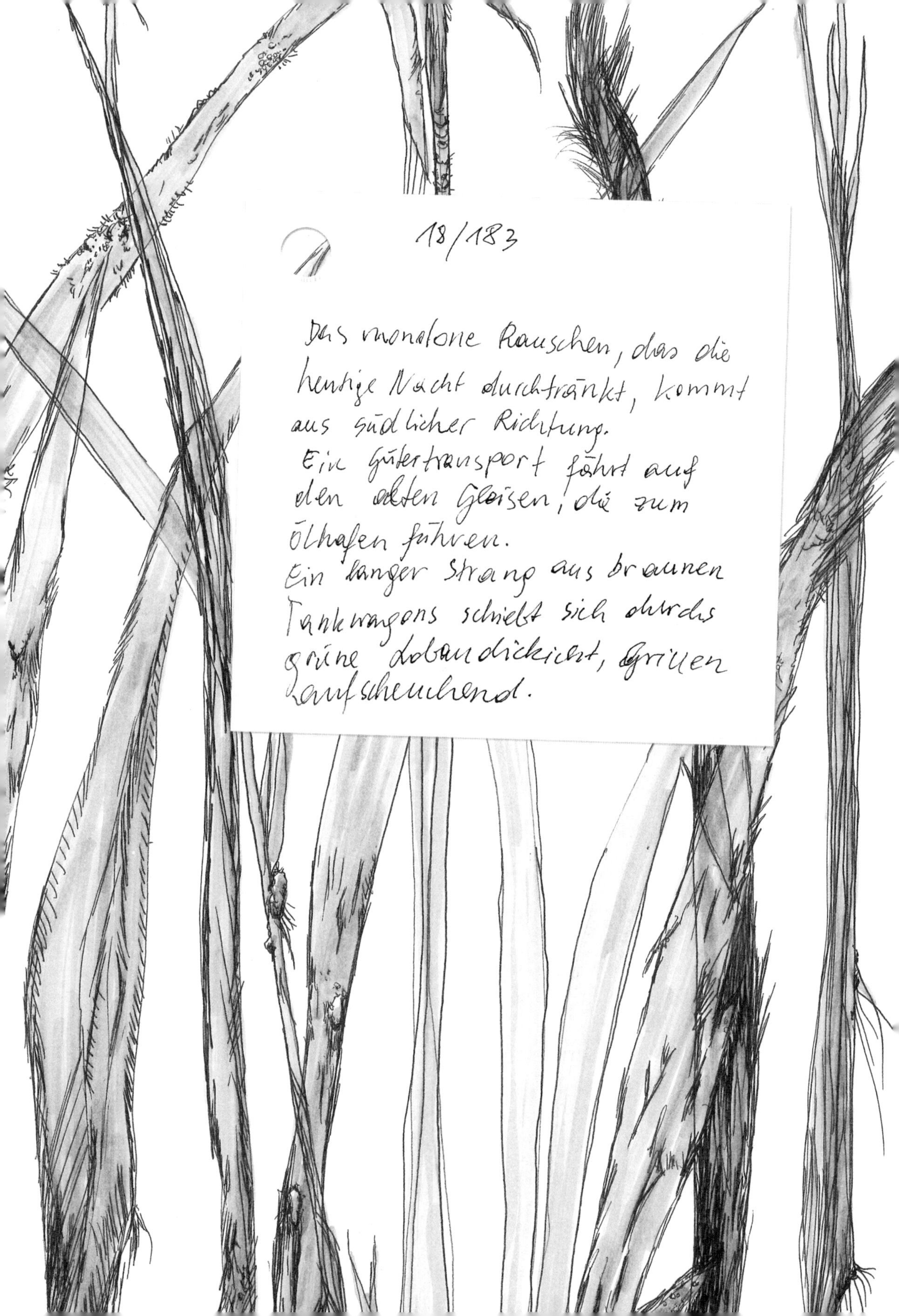

18/183

Das monotone Rauschen, das die heutige Nacht durchtränkt, kommt aus südlicher Richtung.
Ein Gütertransport fährt auf den alten Gleisen, die zum Ölhafen führen.
Ein langer Strang aus braunen Tankwagons schiebt sich durchs grüne Lobaudickicht, Grillen aufscheuchend.

O

Tag 20 von 183.

Etwas verbindet die Nachbarn im Gemeindebau immerzu verlässlich: das gemeinsame Belauschen eines Streits. Im Sommer schallt es durch alle offenen Fenster, und auch wenn jeder für sich horcht, liegt eine Verschworenheit in der Luft.

Ich kenne meine Nachbarn kaum. Schräg über mir wohnt ein alter Mann. Gegenüber wohnt eine chinesische, daneben eine jugoslawische Familie, und dann ist da noch Frau Trudi mit ihrem Sohn Marcel. Als Zehnjähriger war er fürchterlich nervig. Eines Tages fand er heraus, dass mein Hund zu bellen beginnt, wenn er sich vor den Zaun meines Gartens stellt und „Wuff, Wuff, Wuff, Wuff" macht. Immer, wenn er aus dem Haus ging und immer, wenn er nach Hause zurückkam, stellte er sich kurz an den Gartenzaun und provozierte das Gebell meines Hundes. Zur Freude der gesamten Nachbarschaft gab er dieses Hobby nach etwa einem Jahr auf, seitdem habe ich ihn nicht mehr gesehen, oder vielleicht doch, aber ich weiß nicht, wie er mittlerweile aussieht. Ich sehe immer nur Frau Trudi, wenn sie mit ihren beiden Chihuahuas spazieren geht, zuerst mit einem, dann mit dem anderen, und das drei Mal am Tag, macht also sechs Gassigänge. Oft spricht sie mit dem Hund, verärgert, wenn er nicht folgt, jammernd verärgert, wenn er sehr schlimm ist.

Ich frage mich, ob ich mit meinem Hund jemals ähnlich gesprochen habe, irgendwann in der Vergangenheit, als ich selbst noch ein Kind war und noch nicht wusste, wie sich ein Mensch verhalten muss, damit der Hund ihn als Herrn anerkennt. Natürlich ist das nun längst schon egal. Mein Hund ist alt geworden und feiert Ende September dieses Jahres ihren siebzehnten Geburtstag. Ich denke, sie hat längst verstanden, dass sie der Hund ist und ich der Mensch. Ich glaube aber, dass sie bald beginnt, es wieder zu vergessen. Neulich sah ich sie im Badezimmer vor dem schmalen Spiegel stehen, der bis zum Boden reicht. Sie stand einfach nur da und sah ihr Spiegelbild an. Bestimmt sah sie nicht sich. Ich glaube nicht, dass es ein magischer Moment von Selbsterkenntnis war. Es schien eher, als glaubte sie, der Spiegel sei ein Durchgang, den sie aber nicht betreten konnte, weil etwas Unsichtbares ihr den Weg versperrte. Es war eine unheimliche Szene.

Ein Nachbar schreit schon seit Stunden ins Telefon. Es geht um Geld, um einen Staubsauger, der zweihundert Euro gekostet hat, um Prinzipien. So sehr ist er bemüht, seine Position zu verteidigen, dass er nicht im Geringsten merkt, wie laut er schreit. Quer durch den Bau hallt es, denn es ist Sommer und alle Fenster und Balkontüren sind in den Abendstunden geöffnet, auch seine.

Ich ziehe meinen grünen Arbeitsmantel an und gehe in den Garten hinaus, mitten in das Grillengezirpe, Mückengepiepse und Igelgeraschel hinein. Ich stelle mich zu meinen Tomatenstauden und lasse mir das Mondlicht auf den Hinterkopf scheinen, während ich dem Gezeter des Nachbarn lausche. Das Licht in der Wohnung schräg über mir erlischt und die Balkontür geht vorsichtig einen Spaltbreit auf. Der alte Mann ist also auch auf das Open-Air-Theater aufmerksam geworden und gesellt sich zum Publikum.Vom Reihenhaus gegenüber vernehme ich hin und wieder leisen Dialektsprech, vielleicht der junge Marcel. Auch er lauscht, in Begleitung einer zweiten Person.Vielleicht ist es ein Freund, vielleicht aber auch Frau Trudi, meiner Einschätzung nach eine an Nachbarschaftsklatsch sehr interessierte Frau.

Ich nehme jetzt einen Schluck Wein. Nichts Teures, nichts Erlesenes, ein Süßwein vom Discounter. Der Wein ist süffig. Ich atme immer dann ein, wenn ich das Glas zu den Lippen führe, nehme einen tiefen Atemzug direkt aus dem Glas. Das mache ich nicht mit Absicht, das passiert mir einfach so, ganz instinktiv. Ob das die richtige Vorgehensweise beim korrekten Genießen eines Weines ist, oder ob ich da grundlegend etwas falsch mache, weiß ich nicht. Der Abgang besteht aus vergorener Frucht und einer sachten Berührung milden Korks. Dieser winzige Geschmackspunkt von Kork, das mag ich an einem Wein. Diesen herrlichen, spottbilligen, jahrgangslosen Panschwein muss man nämlich noch richtig entkorken. Kein Schraubverschluss, kein Korken aus Plastik.

Donnerrollen, ganz fern, aus Südsüdwesten. Ich nehme einen weiteren Schluck. Der Nachbar hat aufgehört zu schreien. Mein Hund hat seine Abendmahlzeit mit den versteckten Tabletten verzehrt, die nun ihre Wirkung entfalten. Nachdem sie ziellos ein paar Runden in der Wohnung gedreht hat, hat sie sich schließlich auf den Boden gelegt und schläft bald ein. Draußen: Grillengezirpe, gelegentlich Stimmen.

Wein.
Meine Schlucke sind klein.
Wein.
Ob es vor dem Morgengrauen noch regnet?

Es regnet.

21/183

a)

Durchaus möglich, dass mir schlichtweg ein Vermögen der kritischen Beurteilung in diesem speziellen Fall aufgrund der unumstößlichen und unumgänglichen Tatsache gewiss ist, nämlich die der abhanden gekommenen Distanz zum diskutierten Medium, aber es stellt sich doch die Frage:

21/183

b)

... es stellt sich doch die Frage:

habe ich eines jener Gesichter, die weder besonders hübsch noch besonders hässlich geraten sind ... genauer noch: weder hübsch noch hässlich?

Welch grauenhafte Vorstellung..

und wenn dann
der regen einsetzt,

(SMS)

fühlt der wind auf
der haut sich an wie
eine fremde, kalte hand, und
es riecht nach
gestern, obwohl es gestern
nie so roch. ich umarme
dich aus slowenien.
meine arme sind sehr
lang.

(SMS)

22/183
Sich die Zeit vertreiben
mit Emotionen
vs.
Emotionen vertreiben
mit Zeit.

O

Tag 22 von 183.

Michael, was hast du dir nur dabei gedacht, mir dieses Buch zu empfehlen. Thomas Glavinics „Die Arbeit der Nacht". Es ist Nacht. Und du konntest natürlich nicht wissen, wie still es hier werden kann. Ich wohne doch fast schon am Stadtrand. In dieser ruhigen Wohngegend passiert in der Nacht so gut wie gar nichts. Es ist jetzt kurz vor vier Uhr morgens, von Samstag auf Sonntag, das heißt, man müsste mehr hören von draußen. Jugendliche zum Beispiel, die nach einer ausgelassenen Nacht nach Hause kommen. Nichts. Selbst die Grillen sind verstummt.

Ich wünschte, es wäre jemand hier.

Ich wünschte, irgendjemand wäre hier, der mir vertraut ist, der meinetwegen hier ist, der im Nebenzimmer schläft oder in meinem Bett, mit meiner Decke zugedeckt, schon im Schlummer gefangen, aber noch mit dem fahlen Dunst der Erwartung, dass ich mich gleich dazulege.

Mein Gehör ist noch besser geworden, als es ohnehin war.

Ich höre alles.

Da ist schon wieder eine kleine Grille im Wohnzimmer, irgendwo zwischen dem Schlafsofa, den an die Wand gelehnten Arbeitstischen, dem Hocker mit der Nähmaschine und der alten Kommode, auf der sich massenhaft Malutensilien stapeln. Dazwischen, auf dem Boden, in Kartons, auf weiteren kleinen Tritthockern und Sesselchen: unzählige Zeitschriften, Bücher, Notizhefte, Prospekte, Zeitungen. Die Grille zirpt alle fünf, sechs Stunden ein- oder zweimal.

Es ist ein fesselndes Buch, aber der Held der Geschichte ist noch mehr allein, als ich es bin. Es wird beschrieben, wie es ist, wenn man noch mehr allein ist. Das Geschehen wird immer abstruser, die Rastlosigkeit des Protagonisten entwickelt sich zu wahnhafter Raserei, die Nacht, eine Zeit für Ruhe und Schlaf, wird zum Wirkungsfeld eines entfesselten, unkontrollierbaren Selbst. Ich werde mit der Zeit auch immer mehr und mehr allein werden, vielleicht auch rastloser und irgendwann wahnsinnig. Das Buch in der Nacht zu lesen macht richtig Angst. Immer wieder erschrecke ich fast zu Tode, wenn die Grille einen Sprung macht. Das Geräusch ist ganz nah.

Vorgestern hatte Mutter endlich jene Grille erledigen können, die mich seit fast einer Woche nicht schlafen ließ. Ich hörte sie immerzu rascheln und hüpfen, nachts, wenn es leise war und nur die Leselampe brannte. Ich kann mir fast nichts Grauenhafteres vorstellen, als im Schlaf von einem großen Insekt angesprungen zu werden und davon aufzuschrecken, panisch und für alle Zeiten traumatisiert. Noch dazu hatte diese Grille, dem detaillierten Schlachtbericht zufolge, den Hinterleib voll mit Eiern. Mir schaudert bei dem Gedanken daran. Insekteneier, das ist Horror, das ist purer Ekel, der da aus der Tiefe meines Bewusstseins schäumend aufgällt.

Zum Schutz vor weiteren Grillen hat Mutter einen Betthimmel über meinem Schlafsofa aufgehängt. Es ist ein ungewohnter Anblick. Das transparente, dennoch voluminöse Zelt nimmt viel Luftraum ein. Es ist nicht die beste Lösung. Es ist ein riesiges weißes Schlafkondom. Es ist ein Zeichen meiner übertriebenen Angst. Es ist eine Manifestation meines Schutzbedürfnisses.

Und es begrenzt meinen Lebensraum. Es macht ihn kleiner, viel kleiner. Plötzlich ist da drinnen die Sicherheit, und das Außen ist viel näher gerückt. Ich bin nur durch eine transparente, atmungsaktive Membran getrennt von der Wildnis, in der man angesprungen, angeflattert, gestochen und mit Eiern vollgepumpt wird.

Ich mag das nicht.

Ich mag das so nicht.

Dieses schwache, ängstliche Wesen, das bin doch gar nicht ich, nicht wahr?

Keine Antwort.

O

Tag 24 von 183.

Draußen sehe ich den Bus vorbeifahren.

Ich bin schon lang nicht mehr gefahren, in einer Kammer gestanden oder gesessen, die sich bewegt hat. Unbewegt bewegt zu sein, das hatte ich schon eine Weile nicht mehr. Alles ist so weit weg.

Heute ist Montag.

Zwei Wochen lang hatte ich einen geregelten Schlaf, ohne dass ich ihn geregelt habe. Zwei Wochen lang bin ich um Mitternacht eingeschlafen, um neun, spätestens zehn am Vormittag wieder aufgewacht. Vielleicht war das die Reaktion auf die Social-Media-Nulldiät. Vielleicht hatte sich der Körper nicht ausgekannt, warum plötzlich andere Sinnesreize auf ihn einströmten und Gewohntes nicht mehr da war. Vielleicht war das sein Versuch, sich in die Ordnung der eigenen inneren Distanz zu flüchten, wenn die Außenwelt sich neu zu formieren droht.

Ordnung – Drohung, kaum ein Unterschied.

Jetzt schlafe ich wieder wie früher, unruhig, bin die ganze Nacht wach. Horche. Lese. Horche. Schreibe. Horche, trinke, lese, gehe aufs Klo.

Gestern Nacht, kurz vor ein Uhr, habe ich in meinen Garten gepisst. Ich mache das selten. Jedes Mal hat es etwas Aufregendes, Rebellisches, dazustehen, zu überlegen, den inneren Drang, der einen zu dieser ungewöhnlichen Handlung treibt, vorsichtig mit dem Verstand zu betasten. Dann ein kurzer Blick rund um sich, in den Bau horchen – in der Nacht von Sonntag auf Montag regt sich in dieser Gegend kaum noch etwas. Raus, Hose runter, hinhocken. Als Kind habe ich oft wild gepisst, bei Ausflügen mit der Familie, unter die Bäume im weitläufigen Gemüsegarten der Großeltern. In meinem Heimatland gibt es nicht überall Toiletten, so wie hier. Ich lernte sehr früh, einen geeigneten Winkel zu suchen und nicht die Fersen zu treffen.

Eine kühle Nachtbrise ist mir zwischen die Beine gefahren. Man fragt sich in diesen Augenblicken immer, ob nicht doch von irgendwoher ein Augenpaar auf einen gerichtet ist und ungläubig die Szene beobachtet. Ich habe das Hinterteil kühn gegen den Wind geschwungen, um die letzten Tropfen abzuschütteln. Am liebsten hätte ich dabei laut gegrunzt oder wie Tarzan gejohlt, oder in einem tiefen Ton höhnisch gelacht. Ein Höhlenmensch sein. Vor seiner Stammhöhle das Revier markieren. Hunnngh hunngghhh.

Jetzt ist es Tag. Montag. Nachmittag. Zivilisationstag. Die Helligkeit ist wie eine Barriere, wie ein Freilaufgehege in einem großen Zoo. Ich bin ein wildes Tier. In Gefangenschaft geboren, an Menschen gewöhnt, die Urinstinkte irgendwo im Inneren, verborgen, schlummernd, im Unbewussten, in geduldiger Lauerstellung, ein Zucken, eine Ahnung, ein scharfer Blick, ein unbestimmtes Ziehen.

Die Nacht ist um nichts besser. Die Nacht ist eine Kammer.

Eine Nacht ist nie sehr weit weg.

o

Tag 24 von 183.
Später Abend.

Ich habe den Tod noch nie aus der Nähe gesehen.

„Bitte", sage ich, „bitte tu ihr nicht mehr weh als unbedingt nötig. Bitte. Sie war ein langes Hundeleben lang ein guter Hund. Bitte."

Der Tod spricht nicht mit den Lebenden.
Vielleicht hört er sie gar nicht.
Wie sieht er aus? Ist er das?
Ich habe Angst vor ihm.

„Bitte."

So sieht die Erinnerung an diesen Tag aus.

Nachdem der Tierarzt gegangen ist, sitzen meine Mutter und ich vor dem toten Hund. Wir reden wenig, versuchen, nicht zu weinen.
Ich kann nicht aufhören, mich zu fragen, ob es richtig war. Mutter fragt sich bestimmt das gleiche. Wir haben gemeinsam entschieden, den Hund in den Tod ~~zu~~ entlassen. Es war richtig, es ist nur nicht leicht.

Der Hund sieht friedlich aus, als würde er schlafen. Die Sonne scheint.

28/183

Lenk meine Gedanken ab
und gegen deine Mauer.

29/183

'übrigens hat das
Mädchen zweiter Wahl mittler-
weile den Akku aufgeladen,
ist halbwegs ordentlich
betrunken und bereit, die
Beine breitzumachen.'

- hätte ich schreiben können.
habs nicht getan.

O

Tag 30 von 183.

Monatliche Nachricht an die Außenwelt.

Hallo, September.

Ich gewöhne mich langsam an die Stille.

Die Stille ist stiller geworden. Beinahe unerträglich.

Aber es geht schon. Es wird schon. Hilfe ereilt mich aus einer Quelle, die von ihrer heilenden Wirkung nichts weiß. So ist es oft und so muss es bleiben.

Vor fünf Tagen ist mein Hund gestorben. Unter meiner linken Hand ging ihr letzter Atemzug, der Tierarzt hörte die letzten Herzschläge durch das Stethoskop, ich hörte nur mehr meine eigenen. Es war abzusehen, aber ich musste feststellen, dass die emotionale Vorbereitung, die man im Hinblick auf solch ein Ereignis in Gedanken jahrelang praktiziert, schließlich doch zu nichts nützlich ist.

Mein erster, unmittelbar naher Tod. Dieser Schmerz ist neu. Diese Leere kannte ich bisher nicht. Ich muss mich noch an alles gewöhnen. Die Stille, die ich so sehr liebte – sie war unvollkommen. Vollkommene Stille, das ist das hier. Das, was innerhalb meiner vier Wände wächst, wenn ich den Fernseher abstelle, wenn ich das Licht abschalte. Außerhalb meiner Haut ist sie dann, überall, und innerhalb, da, wo der Gedanke spricht, auch.

Der Fernseher ist fast kaputt. Er zeigt rote Stellen, wo rote Stellen nicht sein sollten. Das ist keine kunstvolle Metapher. Es nervt wirklich.

Es lief einigermaßen gut, vor dem Tod. Ich habe viel gelesen, mein Schlafrhythmus hatte sich angepasst, die Gedanken waren sehr aktiv. Aber jetzt, nach dem Tod … Es ist seltsam. Vielleicht braucht es einfach Zeit, um alles zu begreifen, sich an die neuen Umstände zu gewöhnen und den Sinn wieder zu finden. Oder auch nicht.

Vielleicht gibt es keinen Sinn und man macht einfach irgendwas. Einfach immer nur irgendwas, einen Tag nach dem anderen.

Ich mache hier mal weiter. Sollte sich jetzt jemand Sorgen machen, so höre er damit auf. Alles wird. Macht es gut. Ich denk an euch.

Begonnen, die Holzkiste abzuschleifen.
Brauche vielleicht ein Schleifgerät.

Es ist Spätsommer.
September.
Bald schon ist Herbst.

Es wird leichter.

Der Himmel war heute so weit, die Wolken unbewegt. Nichts regte sich.
Der Sommer hält den Atem an.

Es wird leichter.

Message von Michael.

Alles ist neu, nach deinem Tod.
Alles, was ich berühre, berührte ich zuletzt,
als du gelebt hast. Alle Orte, die mir
vertraut sind, jeder Schritt ist nun ein Schritt
in einem Land, in dem du nicht mehr bist.
Dein Tod war eine Grenze, die ich
überschritt. Du bist nicht mitgekommen.

O

Tag 31 von 183.

Ich kann nicht mehr in der Dunkelheit schlafen. Ich ertrage Stille nicht. Seitdem die Anwesenheit des Hundes nicht mehr die Wohnung füllt, ist so viel Raum da, und die Leere nimmt ihn ein.

Ich ertrage die Leere nicht. Ich lasse den Fernseher 24 Stunden am Tag laufen. Damit ein Geräusch da ist, damit eine Bewegung da ist. Ich versuche, dem Programm zu folgen, um meine Gedanken zu beschäftigen, mit etwas, das leicht ist und belanglos. Sobald ich den Fernseher ausschalte, stürzt sich die Leere auf mich. Die Stille – so, wie ich sie bisher kannte, war nicht echt. Unvollkommen. Das Alleinsein war in Wirklichkeit eine Illusion. Da war stets ein Leben um mich, das nicht mein eigenes war. Ein Lebewesen, das auf mich angewiesen war. Das ich gepflegt und versorgt habe, auf das ich geachtet habe, das mit mir in stummen Dialog trat. Ich war nicht nur gebunden an die Verpflichtung, ich war gebunden an ein kleines Leben, das mir vertraut war und das mir blind vertraut hatte. Ich war nicht ganz allein. Wir waren zu zweit, für Leere war kaum Platz.

Die Stille ist jetzt um einiges stiller. Die Dunkelheit ist um einiges dunkler. Es fühlt sich nicht mehr nur an wie eine Sphäre der Ruhe, wie Luft, die man atmet. Wenn ich mich der Stille und der Dunkelheit ergebe, ist es, als würde ich plötzlich von dunklem Wasser umgeben sein. Ich sehe den Grund nicht und nicht die Oberfläche. Ich halte reflexartig die Luft an. Ich weiß, ich kann atmen, aber da ist diese Ahnung von Ohnmacht, die mich lähmt.

Nachts lasse ich ganz leise den französischen Sender laufen, damit meine Gedanken nicht so leicht an Worten hängen bleiben. Ich habe mir ein Nachtlicht gekauft, so eins für Kinder, die Angst im Dunkeln haben. Ich habe keine Angst vor Ungeheuern, ich fürchte das Nichts, das mich umgibt. Vielleicht kommt es, wenn ich schlafe, ganz nah an mich heran und atmet meinen Atem ein. Ich fühle mich wie in winzige Stücke zerteilt und nur durch den inneren Magnetismus lose beisammengehalten. Wenn die innere Schwere auch noch verloren geht, dann zerfalle ich einfach, lautlos, ohne Effekt.

Am Tag ist die Sonne da, das macht mich umso leichter. Wenn der Wind durch mich hindurchgeht, fühle ich die Einsamkeit in meinen Ritzen klappern. Ich verlasse die Wohnung nicht, ich gehe nur in den Garten, um die Pflanzen anzusehen und zu gießen, aber die Pflanzen können auch ohne mich sein. Ich gehe nicht außer Haus, weil ich mich vor dem Zurückkehren fürchte, denn die Leere bleibt und wartet auf mich, empfängt mich mit einem Sprung auf meine Schultern, drückt sich in mein Gesicht, versucht, mich zu Boden zu reißen. Ich weiß nicht, ob ich stark genug bin. Das ist nicht rational, aber nicht ausgeschlossen. Das alles ist völlig neu für mich. An diesem Punkt war ich noch nie. Noch nie war jemand so nah und plötzlich nicht mehr vorhanden. Das bin wirklich nur mehr ich.

Ich war noch nie so allein.

Das Gefühl und der Versuch, sich zu beruhigen.

O

Tag 32 von 183.

Heute fällt es mir besonders schwer. Ich merke, dass das jetzt echt Richtung Härte geht. Gerade mal ein Monat ist um. Und in diesem Moment, hier, jetzt, ist es ganz, ganz, ganz schlimm.

Ich fühle mich wie der Panther in Rilkes Gedicht. Ich gehe hinter den Stäben auf und ab. Nach außen hin vermutet man nichts, aber mein Inneres rotiert. Es läuft im Kreis, es trabt unruhig auf der Stelle, dreht sich um seine eigene Achse, schnauft, scharrt mit den Hufen.

Ich bin allein.

Ich bin fucking allein, verfluchte fucking Scheiße. Die Familie ist verreist. Der Hund ist nicht mehr. Die Nachbarin hat mit ihrem bevorstehenden Umzug zu tun. Keine relevante Post im Postfach. Nur Rechnungen. Ich mache sie nicht auf.

Heute war ich in der Stadt. Es ist so schönes Wetter, es ist gerade noch Sommer, wer weiß, wie lange noch. Ich habe mir penibel einen Plan zurechtgelegt. So ganz planlos schaffe ich es noch nicht. Ich bin bis zum Museumsquartier gefahren, habe Geld abgehoben, bin wieder runter in die Passage, habe mir billiges Sushi geholt, bin bis zum Rathaus gefahren, von dort mit der Straßenbahn bis zum Stadtpark, habe auf einer Parkbank Maki gegessen, bin zu Wien Mitte hinüber spaziert, habe eine Tüte Eis genascht, mir am Kiosk Zeitschriften gekauft, war im Kino, danach kurz einkaufen am Praterstern, nur Kleinigkeiten, und dann nach Hause. An einigen meiner Hotspots war ich also. Museumsquartier: die Station auf dem Weg zur Uni. Rathaus: Dort fährt die Straßenbahn die Josefstädter Straße hoch, zum „Rhiz“. Wien Mitte: Dort war ich früher oft mit Robert. Und Praterstern: Im „Fluc“ verbrachte ich meinen Abschiedsabend – Begegnungen, Erinnerungen.

Ich. Jetzt.

Habe das Gefühl, als würde ich eine tickende Bombe sein. Es staut sich etwas auf, in mir. Ich kann es noch nicht klar erkennen, aber es ist dunkel, erdig, mit Splittern und Sand und schwarzem Nebel. Es ist Angst. Es ist Ungeduld. Es ist Sehnsucht. Es ist Leid.

Es ist schwer. Es ist besonders schwer heute. Ich möchte jemanden anrufen. Ich möchte mit jemandem sprechen. Ich möchte in einem Arm liegen. Vielleicht ein bisschen weinen. Vielleicht einfach nur schlafen. Nicht allein sein. Nicht ständig angespannt, ständig auf der Hut sein.

Es ist eine Welt voller Gefahren. Es ist eine Wildnis, voll wilder Menschen und Tiere.

Ich kann immer noch nicht in der Dunkelheit schlafen.
Stille ist immer noch schwierig.

Sehnsucht.

Warum mache ich das? WAS PRÜFE ICH?

34/183

Erster Gedanke am Morgen:
'wieder eine Nacht geschafft.'

Seit Tagen.
Wie lange noch.
Wann wird es schwächer.
wann wird es aufhören.

wann wann wann wann wann wann
wann wann wann wann wann
wann wann wann wann
wann wann wann wann wann
wann wann wann wann wann
wann wann wann wann wann
wann wann wann wann
wann wann wann wann
wann wann wann wann wann
wann wann wann wann
wann wann wann wann wann
wann wann. 34/183 wann
hört das auf.

34/183

Café Ritter. Habe die Überreste meines Hundes in der Handtasche. Ein Päckchen Asche in einem schwarzen Plastikbeutel.

Das Sein splittert, die Scherben streben in alle Richtungen, weg vom Kern, als wäre er magnetisch, jedoch mit dem selben Ladungsvorzeichen.

Der Kern.

Es ist der vierunddreißigste Tag von Hundertdreiundachtzig.

Tisch 22.0
LNr.:335

1	Cafe latte	3.90	3.90
1	--2Stück Palatsc	4.20	4.20

SUMME Euro **8.10**

- Bar 8.10

O

Tag 35 von 183.

Am Tag bin ich ein Mensch des Tages.

Erst in der Nacht bin ich ein Mensch der Nacht.

Warum ich die Nacht so mag:

In der Nacht gibt es mehr Ruhe und weniger Verlockungen.

In der Nacht ist alles weniger, so kann ich frei und unbeobachtet mehr sein.

Die Nacht verlangt nach Gleichgewicht. Ich fülle die Lücken der in den Schlaf gegangenen Menschen mit meiner Anwesenheit. Ich bin der Nacht kein Fremdkörper, sie akzeptiert mich als ihresgleichen. Wenn sie Geduld verlangt, kann ich ihr diese geben, will sie brennen, so bin ich ihr Streichholz.

In der Nacht leben Menschen der Nacht. Nachtmenschen sind selten, am Tag sind sie schwer von Tagmenschen zu unterscheiden. Ein flüchtiger, müder Blick, eine fahrige Geste, das ist leicht zu übersehen. Viele Menschen der Nacht meiden den Tag gänzlich. Sie bedürfen des Tages nicht, also machen sie nicht von ihm Gebrauch. Sie leben erst in der Nacht auf. Sie sind Nachtwächter, Saubermacher, Taxifahrer. Rettungssanitäter, Polizisten, Krankenschwestern. Kellner, Lieferanten, Prostituierte. Traumwandler, Soziophobe, Rastlose, Suchende. Verlorene, Hässliche, Ausgestoßene. Ungehorsame, Kriminelle, Obdachlose. Sie haben sich entschieden, in der Nacht zu leben, weil die Nacht ihnen Sicherheit und Zuflucht bietet. Die Nacht ist ein Spielraum, in dem man sich auch verstecken kann, ein magischer Ort voller Schatten und Geheimnisse. Sie ist die Möglichkeit, ein anderes Leben führen zu können, ein freieres Leben, selbst wenn es erfüllt ist mit Arbeit. Und ohne Arbeit – gescheitert unter Gescheiterten sein zu dürfen, und von den Mitmenschen der Nacht Verständnis anstelle von Spott zu ernten. In der Nacht sind die Freaks die Regenten. Die Nacht ist ihr Terrain, ihr Lebensbiotop, ihr freies Land. Und so gehe ich durch die Nacht, eine von ihnen bin ich, eine junge, geschmeidige Königin der Freaks, Schwester aller Unangepassten, Jägerin der Absurditäten, bis zur Morgenröte.

35/183

Die Nacht gehört mir.

Sie ist mir viel zu groß.

35/183

das Handy zur Hand nehmen.

das Handy weglegen.

überlegen.

das Handy zur Hand nehmen.

überlegen.

das Handy weglegen.

das Handy zur Hand nehmen.

das Handy in der Hand halten

das Handy weglegen.

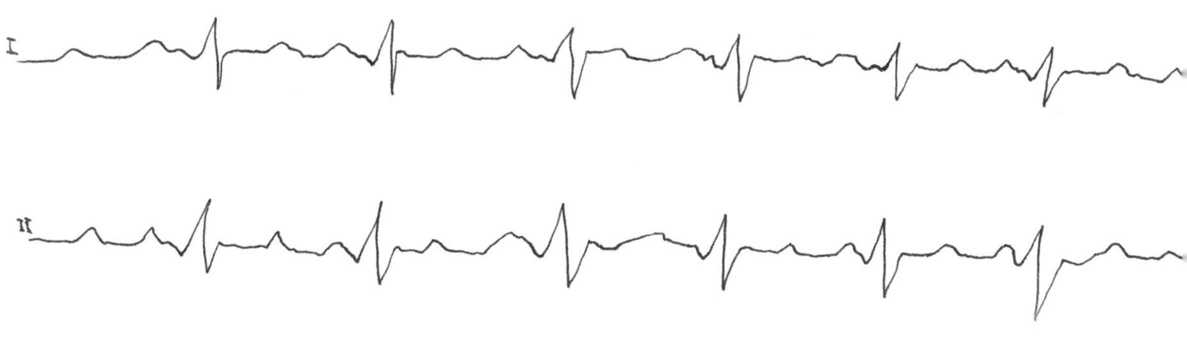

35/183

Ein sechs Monate langer
Schwächeanfall!
wirklich?
muss das wirklich sein?

37/183

Einfärbig barfuß gehen.

Ich gehe durch das Gras,
ich trag nur einen Schuh.
und du, mein lieber Freund,
wo bist du?

O

Tag 37 von 183.

Ich weiß nicht, welcher Tag heute ist.

Auf Kurs kommen. Wieder auf Kurs kommen. Sich wieder in beide Hände nehmen. So tun, als hätte man riesige Hände, die den eigenen Körper ganz umfassen können, wie einen Wanderstock.

Der Tod meines Hundes hat mich aus der Bahn geworfen. Ich bin von der gefestigten Straße abgekommen, die ich mir ausgesucht hatte, und bin eine Weile einfach nur so irgendwie dahingeschlittert, durch den Morast.

Dieses „Alleinsein", dieses „Zeit-Haben", dieses „Zeit", diese Freiheit zu tun und zu lassen, was man möchte. Was möchte man? Man möchte etwas möchten. Man würde etwas wollen, man bräuchte eine Ahnung, einen Anhalt, einen Trichter zum Hindurchkriechen, durch einen immer enger werdenden Tunnel. Am Ende ist vielleicht Licht oder Luft oder ein Schatz oder gar nichts. Man versucht sich immer mehr zusammenzunehmen, sich zu konzentrieren, sich zu reduzieren auf ein Bündel, um dann, in eine perfekte Form gepresst, hinauszufallen und auf etwas Großem, Schönem zu landen und dessen Krönung zu sein: die pinke Cremehaube auf einem perfekten Marzipan-Kirsch-Cupcake, der Trüffelfluff auf dem Kobe-Steak, das Sauerrahmtüpfel auf einem Beluga-Cracker …

Hungrig schreiben ist ein bisschen wie hungrig einkaufen. Früher oder später erklärt man Lebensweisheiten in Kochrezepten, setzt Gefühle mit Geschmacksempfindungen gleich und betreibt Restaurant- anstatt Gesellschaftskritik. Mit Sex ist das leider genauso. Irgendwann ist das Leben einfach wie ein großer oder kleiner, wie ein steifer oder schlaffer Schwanz.

Ein guter Schriftsteller würde das natürlich sofort erkennen und sich neutraler ausdrücken. Wie ein Profi eben. Wie ein Maler, der auch beim schärfsten Aktmodell keinen Steifen kriegt. Wie ein Supermarktangestellter, der am Ende des Tages das noch frische Gemüse im Müll entsorgt.

Hunger.

Essen, das ist der Sex der Einsamen, Soziophoben, Hässlichen, Fetten, Alten, Schüchternen, Furzer, Schnarcher, Krampfer, für jene mit Errektionsstörungen, mit nervöser Blase, mit schlechten Zähnen und trockener Vagina.

Ich mach mir jetzt einen Burger.

37/183

Ich stelle mich
der Stille.

O

Tag 39 von 183.

Schreiben. Schreiben. Ich wollte doch viel mehr schreiben.

Warum ist das so gekommen? Warum ist mein Hund weggegangen, als ich noch die Stütze der Verantwortung und der Bindung brauchte, um meinen Plan einzuhalten? Warum mussten diese wichtigen Pfeiler meines Konstrukts zusammenbrechen, als das Fundament noch nicht gefestigt war?

Das Gebäude, das ich bin, steht schief.

Es hat zu regnen begonnen. Graue Wolken verdunkeln den Himmel, in der Luft liegt ein Geräusch wie das einer Million trappelnder Mäusebeinchen. Die Temperatur ist zurückgegangen. Die Bienen, die Wespen, die Mücken und die Heuschrecken, sie alle sind nun irgendwo versteckt und rühren sich nicht.

Ich hatte letzte Nacht einen wilden Traum. Ein bewaffneter Verfolger hat mich, meine Schwester und ihr Kind bedroht. Wir haben uns in der Wohnung verschanzt, aber es war klar, dass der Mann sich bald einen Weg in die Wohnung bahnen und uns finden würde, also mussten wir verschwinden. Durch ein schmales Dachfenster stiegen wir ins Freie. Es war das Dach eines riesigen alten Backsteinhauses und rundherum war nur Wasser, als wären die Straßen überflutet. Wir konnten nicht auf diesem Dach bleiben, der Irre hätte uns dort finden können, wir wären in der Falle gesessen. Doch wohin? An einem schmalen Mauervorsprung konnten wir uns gerade noch halten, wir kletterten an der Hausfassade entlang, um die nächste Ecke. Wir duckten uns, damit man uns nicht sehen konnte. Meine Schwester trug ihren Kleinen auf dem Rücken, er war sehr tapfer, ernst und still, obwohl noch keine fünf Jahre alt. An einer Stelle gelangten wir zum Treppengeländer, von dort auf eine kleine Betonplattform. Wir waren euphorisch, denn wir hatten einen großen Vorsprung und konnten nun dort ausharren, bis Hilfe kam. Doch plötzlich stand uns dieser Mann gegenüber. Er hatte wohl begriffen, dass wir über das Dach geflüchtet waren und stand mit gezückter Waffe vor uns. Wir sprangen ins Wasser. Er schoss, traf meine Schwester, die nun ganz blau und erstarrt im Wasser trieb, das Kind in den Armen. Ich packte die beiden und zerrte sie an eine geschützte Stelle. Dann kam endlich die Polizei und überwältigte den Kerl, ich tauchte mit meiner Schwester aus dem Wasser, man zog sie in das Polizeiboot. Sie kam wieder zu Bewusstsein, auch dem Kind ging es bald wieder gut. Ich zog mich hoch auf die Plattform, saß in nassen Kleidern da und beobachtete die Boote, in einem der verhaftete Attentäter, der mir noch etwas zurief, das ich nicht verstand, in einem anderen Boot war meine Schwester, in Decken gewickelt, noch ganz bläulich und schwach, nach Luft schnappend. Das Wasser, es war hell und angenehm kühl. Der massive Betonblock, auf dem ich saß, fühlte sich gut an, rau und solide. Ich habe in Wirklichkeit gar keine Schwester. Ich bin ein Einzelkind und kann nicht einmal schwimmen.

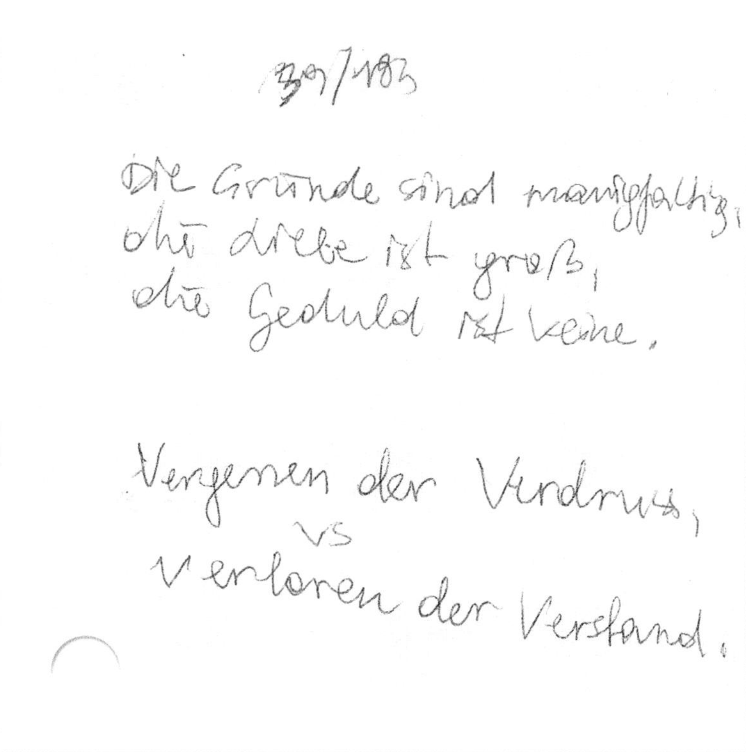
Die Gründe sind mannigfaltig,
die Liebe ist groß,
die Geduld ist keine.

Vergessen der Verdruss,
vs
verloren der Verstand.

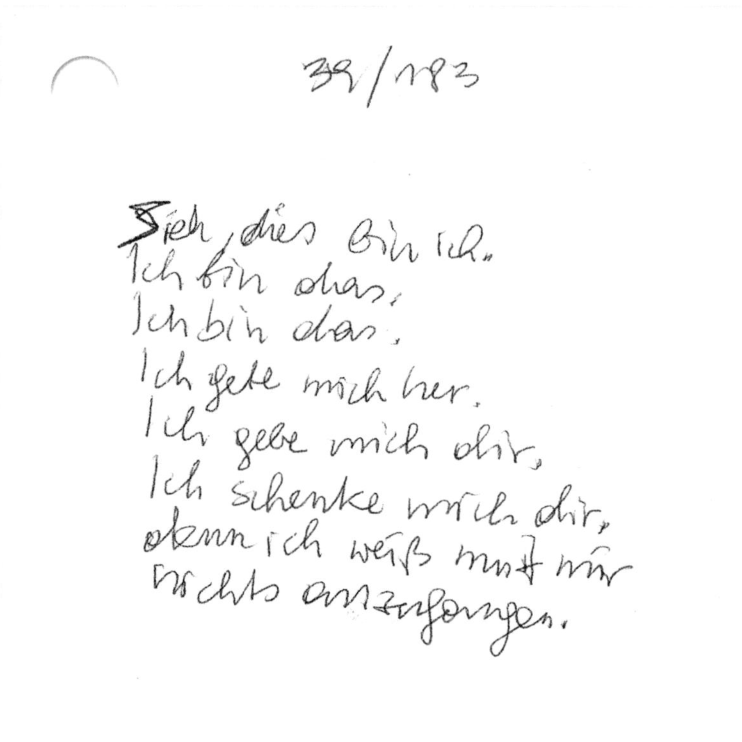
39/183

Sieh, dies bin ich.
Ich bin das.
Ich bin das.
Ich gebe mich her.
Ich gebe mich dir.
Ich schenke mich dir,
denn ich weiß mit mir
nichts anzufangen.

O

Tag 40 von 183.

Ich passe mich an. Meine Sinneswahrnehmung passt sich langsam den neuen Umständen an.

Ich verlasse meine Wohnung viel seltener. Alle Reize kommen aus der Nähe, der Fokus stellt sich neu ein. Mein Wirkungsbereich ist kleiner geworden, doch die Sinne bleiben scharf, toben sich in der geschlossenen Sphäre an den kleinsten Details aus. Die Augen beginnen schlechter in die Ferne zu sehen, doch besser auf kurze Distanz. Das Gehör ist um einiges präziser geworden. Es fällt mir leichter, Geräuschkulissen in ihre Einzelteile zu zerpflücken. Selbst der Geruchssinn scheint mir empfindsamer zu werden.

Das alles passiert aus einem bestimmten Grund. Ich bin jetzt allein, und wenn man allein ist, muss man Gefahren schneller erkennen. Urinstinkte. Ich bin nun ein Einsiedler. Mein inneres Wissen rüstet meinen Körper und meinen Geist auf. Sicherheit, danach strebt alles. Unsicherheit ist der Triebmotor.

Ich habe außerdem das Gefühl, mir selbst näherzukommen. Als würde ich mich unmittelbarer spüren. Das unterforderte Gehirn kompensiert das Fehlen neuer Objekte mit mir selbst. Ich zerteile mich in Stücke und lege sie ab, nur um sie nervös wieder hervorzuholen, zu wenden, zu betrachten und an einen neuen Ort zu bewegen.

Ich laufe innerhalb eines geschlossenen Gedankenraumes weite Distanzen, scharfe Haken schlagend, oder im Kreis, bis mir schwindlig wird und ich falle und einschlafe.

Nichts, was ich mache, mache ich mit Absicht. Alles geschieht von allein, ich muss nur beobachten und lernen. Es ist dasselbe System wie in der Außenwelt. Die Kommunikation mit dem eigenen Innenleben ist gar nicht so anders wie die Kommunikation mit anderen Menschen. Man führt Selbstgespräche, manchmal nur Smalltalk, oft sehr ehrlich. Ungeschönt. Ohne störende Höflichkeitsfloskeln – und selbst wenn, enttarnt man sie sofort.

Sich selbst sagen, was man denkt: Das ist gut. Ich habe schon so viele wichtige Dinge auf diese Weise, im Dialog mit ein und derselben, erfahren. Und ich weiß schon lange, dass niemand sonst derart unmittelbar und ehrlich zu mir sein wird, wie ich es selbst bin. Niemand kennt mich besser, niemand kommt mir näher. Oft begreife ich Dinge erst dann bewusst, wenn ich es mir selbst gegenüber ausspreche. Das ist schon etwas verrückt. Aber es sagt deutlich, das Wissen ist irgendwo in mir und nur die harte, brutale Stimme meiner selbst vermag es freizulegen.

Ich passe mich also an.

Ich spreche mit mir selbst, wenn ich niemanden habe, mit dem ich sprechen kann. Ganz ohne Dialog kann ich wohl nicht. Aber das ist in Ordnung. Der Fokus verlagert sich in die Richtung, in die ich gehen muss. Further down towards the core.

Es tut sich nichts. Die Tage vergehen, einer nach dem anderen. Nur das Verlangen wächst stetig, wie ein Baum. Es wird niemals weniger werden. Es wird immer nur mehr und mehr.

Ich habe einen anderen Weg eingeschlagen. Einen anderen als den, den ich früher ging, als den, den meine Mitmenschen gehen. Es ist mir noch nicht völlig klar, wohin er führt, aber hoch und weit hin.

Das Verlangen ist die grösste Herausforderung. Das ist also die Enthaltsamkeit der Einsiedler.

Die Sehnsucht. Der noch viel grössere Drache als die Einsamkeit.

43/183

Der Pizzabote naht. Ich spüre es. Schnell krame ich das Geld zusammen. Beim Ergreifen der letzten Münze läutet es an der Tür.

Beweis Nr. 1.
Diese Welt gehört mir.
Ianina Ilitcheva, Wien, 17. September

44/183

Es ist schön hier. Es ist wunderschön. Aber was ist das Schöne, wenn man es nicht teilen kann, was bedeutet Farbe, Geruch, Licht. Es ist schön, schön für mich. Allein in einer eigenen, schönen Welt.

Beweis Nr. 2.
Diese Welt gehört mir.
Ianina Ilitcheva, Wien, 17. September

O

Tag 45 von 183.

Leere ist etwas, das man spürt.
Leere ist etwas.
Raum ist Raum.
Oder der Widerhall des Spürens.
Das eigene Echo im Nichts.

Vielleicht ist das Zeit.

Wie nah kann ein Mensch einem anderen kommen? Er kann völlig in dich hineingehen, in dich eintreten wie in ein Haus und dich verlassen, durch das Haupttor, oder ungesehen durch das Kellergewölbe. Manch einer ist wie ein Geist, er fährt ungebremst durch dich hindurch, als wärst du ein Zugwaggon, ein dichter Wald, ein dunkler Teich.

Wie sehr erschüttert solch ein Kontakt.

Welch eine Spur verbleibt, welch Schneise wird geschlagen.

Ein Geräusch verbleibt gehört.

Ein Gedanke verbleibt gedacht.

Die Erinnerung an etwas auf der Haut, leichter Druck, Gewebe ertastet, Wärme gespürt, (einundzwanzig, zweiundzwanzig) zwei Sekunden lang, Haar, Wange, Hand, Schläfe, Schulter, Schlüsselbein.

Es nicht gewagt zu atmen, den Atem angehalten, unwillkürlich den Moment zu halten versucht, Worte ungesagt, gehalten im inneren Raum, wo es sich wie Leere anfühlt, aber keine Leere ist.

Da ist alles, nur nicht nichts.

45/183

Wie ich mich selbst beherrschen kann, wie effektiv im Zaum halten.

Erschreckend.

Immer besser zu werden, gleichzeitig dieses Etwas immer mehr zu verabscheuen.

Ich wollte nie so werden.
Das ist nicht die Freiheit, die ich mir erträumt hatte.

45/183

Mit welcher Inbrunst sie manchmal die Menschlichkeit als Schwäche verurteilen, Frau Ilitcheva, sodass man glauben könnte, sie würden Unmenschlichkeit als Stärke feiern wollen.

95/183
Es geht immer um Freiheit.
Es geht immer um Freiheit.
Es geht immer um Freiheit.
Es geht immer um Freiheit.

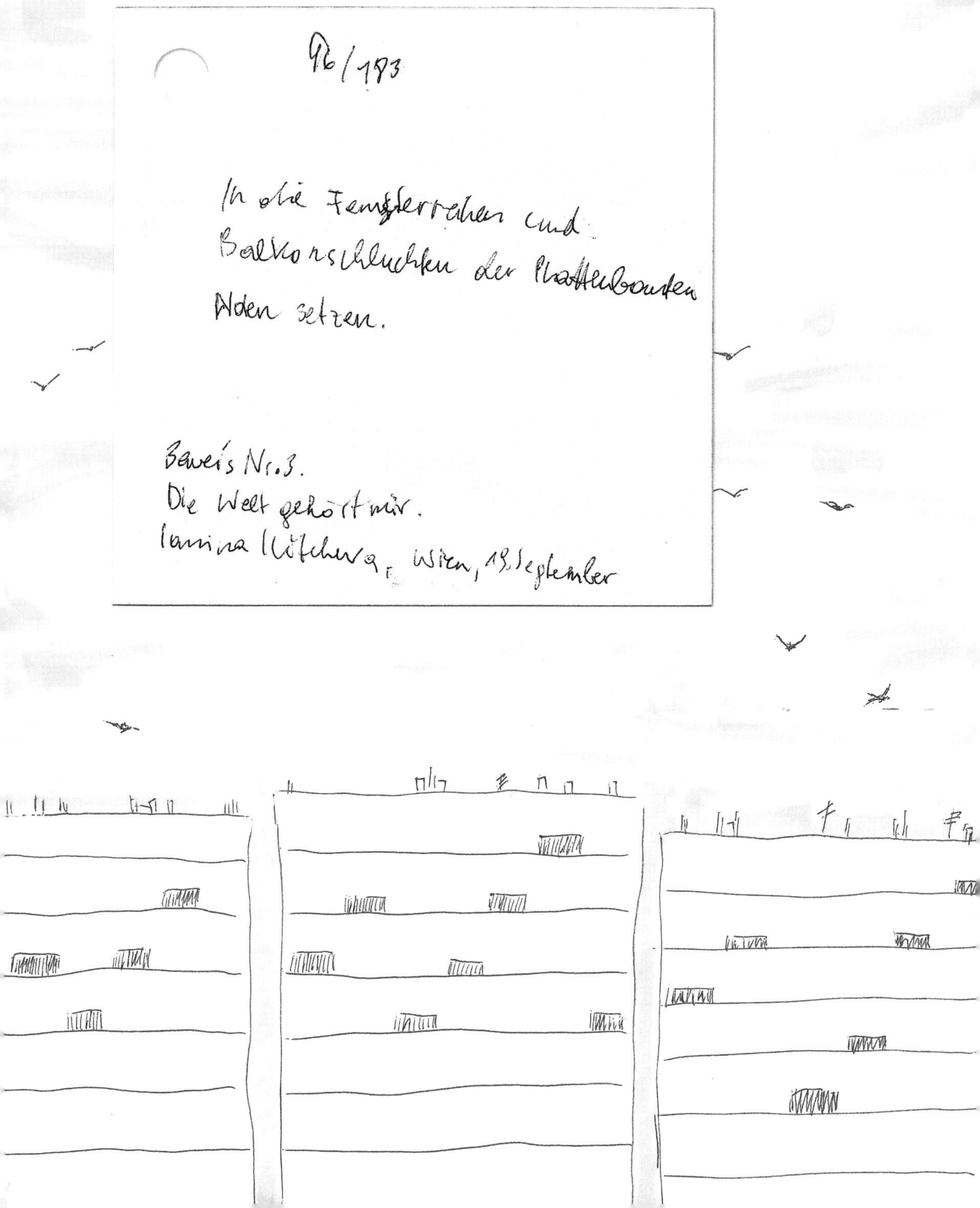
96/183
In die Fensterreihen und Balkonschluchten der Plattenbauten Nden setzen.
Beweis Nr. 3.
Die Welt gehört mir.
Ianina Ilitcheva, Wien, 19. September

46/183

oh hilfe, mein Körper ist zu klein für alle diese Emotionen. Es tickt und knackt schon, bald berste ich und bekleckere die ganze verfluchte Welt damit,

hoffentlich.

46/183

ALLE VENTILE VERSCHRAUBT, DIE MASCHINE STEHT UNTER HOHEM DRUCK. DAS DING GEHT HOCH, BESTIMMT, HOFFENTLICH BALD.

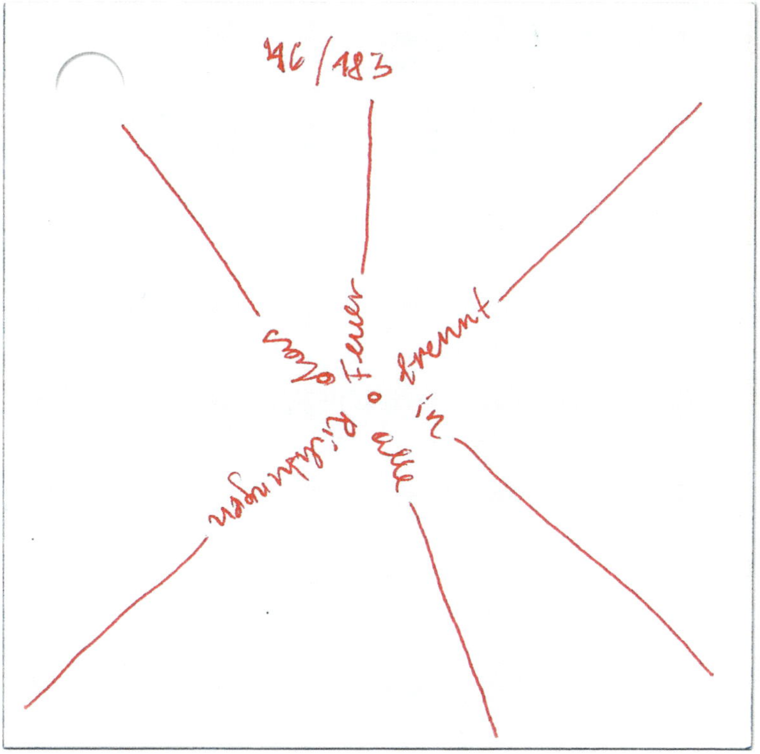

47/183

DAS KONZEPT DER LIEBE

Warum Zwischenmenschlichkeit so wichtig ist: Die Emotion, das viele Gefühl kanalisieren zu können. Es abgeben, es nicht halten und drehen und wahren zu müssen, bis es einen im Inneren abnutzt. Damit es einen nicht zerreißt, innerlich, damit man nicht irgendwann platzt.

O

Tag 48 von 183.

Was ist: allein sein.

Allein sein heißt: ohne andere Menschen sein.

Ich weiß nicht, ob ich das allein schaffe. In den Nächten bin ich wach. Die Nacht ist mir kein Bett mehr. Die Nacht ist keine Heimat mehr für mich. Seit ich allein bin, bevölkere ich die Nacht. Jemand muss die Nacht bevölkern, immer zumindest ein ganzer Mensch. Ein schlafender Mensch ist der Nacht nicht Bevölkerung genug. Ein schlafender Mensch hat für die Nacht bloß die Wertigkeit eines Halben, die andere Hälfte nimmt sich der Schlaf. Ich bin allein, so muss ich, wach, der Nacht mein ganzes Menschsein entgegenbringen.

Ich weiß nicht, ob ich das allein schaffe. Ein Mensch, der einen zweiten Menschen bei sich hat, kann schlafen. Zwei Hälften schlafen, zwei Hälften bevölkern die Nacht. Schulter an Schulter, Bein an Bein. Die Sehnsucht nach einem zweiten Menschen ist wie ein Urinstinkt. Gemeinsam in einem stillen Kampf um das eigene Dasein im Dunkeln. Ein Streithorizont der Wertigkeiten. Vielleicht ist das diese magische Formung zu einer Einheit, von der immerzu die Rede ist. Aus zweien, die zwei sind, wird auf einmal eins. Plötzlich befinden sich zwei auf einer Seite des geteilten Terrains. Liegen in einem Bett, dessen Kanten die Grenzen zur Nacht bedeuten. Zwei Hälften verschmelzen zu einem Ganzen, die beiden anderen Hälften bevölkern die Nacht.

Was ist Sehnsucht.

Sehnsucht ist ein Bedürfnis nach einem Menschen, der nicht man selbst ist.

Die Sehnsucht nach einem anderen Menschen ist gleichzeitig das Bedürfnis nach Ruhe, nach Schlaf, nach Sicherheit. Gemeinsam kommt man mühelos durch den dunklen Wald, über ein schwarzes Feld, über einen Sterne spiegelnden See. Gemeinsam ist man genug, um eine Hälfte des eigenen Daseins in der Nachtlandschaft zurückzulassen.

49/183

ES IST ALLES ANDERE ALS EGAL,
NUR GREIFBAR IST ES NICHT.

49/183

Ich verstehe es jetzt.
Sehnsucht ist auch nur ein
Ausdruck der Angst.

52/183
Wir wollten uns verabschieden, jetzt stehen wir hier schon seit einer Stunde, im Vorzimmer, du hast deine Schuhe an und ich muss dringend pipi.
Benenne diesen Zustand.

Tag 53 von 183.

Berlin

Distanz ist heilend.
Ich bewege mich weg von meiner gewohnten Umgebung
und alle Schwere fällt.
Als hätte ich alles zurückgelassen,
die beklemmende Sehnsucht,
das quälende Verlangen.

An neutralen Ufern gestrandet.

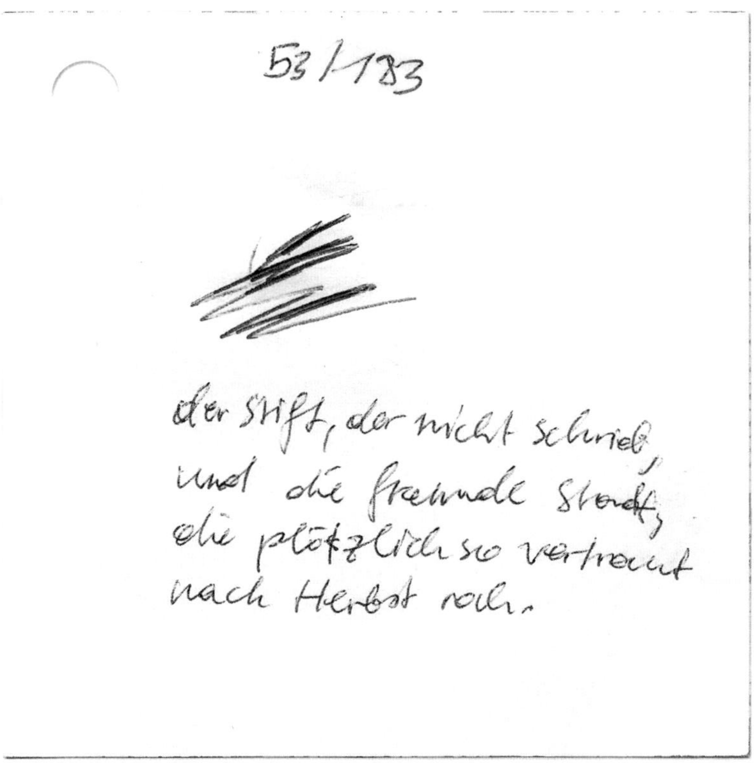

53/183

Hier wohnt jemand, der nicht
Ich ist. Ein ganzes Haus voll
mit Nicht-Ichs, mit nicht
meinen Namen.
Oh. Eine Welt mit lauter
Jemandens, lauter Anderens,
und Ich nur eine davon.

53/183

Die zweite Stunde eines
Donnerstags in Berlin. Lena, der
Bar abgewandt, lauscht den
Gesprächsteilchen, die besoffen durch
den Raum gaukeln. Musik spielt.

Er betritt den Raum.

O

Tag 57 von 183.

Schmerzlich ist der Gedanke, dass ich hier an diesem Ort so weit von meiner Basisstation entfernt bin, dass ich zurückkehren werde, und dann wird da diese Distanz sein, zwischen dem, was ich gern bin und zwischen dem, was ich bin. Zwischen dem, was ich gern habe und dem, was ich habe.

Das Vermissen einer Möglichkeit.

Dieses Ziehen, dieses Wollen, das Behalten- und Besitzen-Wollen. Die Angst, zu verlieren. So sind Beziehungen, die nicht funktionieren. Umgebungen, die nicht glücklich machen.

Und dann passiert es.

Ein Freund kann ein Freund sein und kann überall sein auf der Welt. Und er kann nah sein, in derselben Stadt wohnen, und trotzdem trifft man ihn nicht oft, umarmt ihn selten. Und es ist beides gut, es tut der Freundschaft keinen Abbruch. Doch dann passiert etwas und alles verändert sich, wenn auch nur für kurze Zeit. Vielleicht, bis es wieder abflaut, das Gefühl der Nähe, ein Gefühl, für das es kein Wort gibt. Begehren fühlt sich genauso an. Und Begehren, das ist wie ein Erdbeben, es zerreißt den Grund und bricht marode Gebäude nieder. Man baut sich neu auf, baut den Kontakt neu auf, die Beziehung, die Freundschaft, hoffentlich besser, stabiler.

Aber dieses starke Gefühl, das ist selten. Und plötzlich ist Distanz eine Schwierigkeit und das Ego des Menschen, der will, der fordert.

Freunde machen die Welt nicht kleiner, sondern größer, viel größer, unfassbar groß. Das Danach-Greifen, das Berühren-Wollen. Die Qual des Nicht-Erreichens.

Physische Grenzen. Distanzen. Arbeit.

58/183

58/183

Ich war einmal ein Hund.
Ich war einmal ein Stein.
Ich war einmal ein Ginkobaum,

Jetzt bin ich Mensch.

58/183
Das Licht und der Morgen.
Die Nacht und die Schatten.

58/183
Das Singen der Bäume im Nahen der Flut.
Die Seltsamkeit des Funktionierenden vor dem Zusammenbruch.

58/183

Das Gefühl vor dem Moment einer großen, schmerzlichen Erkenntnis, wenn das Gehirn stockt und schwimmt und sich weigert, weiterzudenken.

58/183

Sich verdichten zu einer Wahrheit, wie eine Gaswolke zu einer Sonne.

58/193

(don't) take me away

Marienburgerstraße
Prenzlauer Allee
Sredzkistraße
Greifswalder Straße
Greifswalder Straße
Hufelandstraße

BERLIN

O

Tag 60 von 183.

Monatliche Nachricht an die Außenwelt.

Hallo, Oktober.

Ich zeigte Schwäche.

Ich war nachlässig.

Ich war inkonsequent.

Ich hatte Zweifel.

Aber es wird klarer und klarer: Was ich hier mache, macht Sinn. Ich lerne viel, von allem. Es ist ein Triebwerk, das mich vorwärts zwingt: Die Sehnsucht und das Verlangen. Das Flehen und das Fordern – Stolpersteine, Stacheldrähte, Fangschlaufen.

Was einen bremst und rotieren lässt, ist die Angst vor Verlust des Geliebten, vor Verlust von Kontrolle, Verlust von Verstand. Natürlich, da ist die Bequemlichkeit des Bekannten, dort sitzenzubleiben, wo der eigene Arsch mühsam die Sitzstelle erwärmt hat. Aber der nach Höherem strebende Mensch, der will das alles nicht, das ist alles nicht erhaben, nicht edel, denn edel ist das Streben nach der ultimativen Freiheit, nach dem Nichts-Brauchen, nach einem Selbstwert, höher als alles andere. Klar soweit, aber:

Bullshit.

Es ist noch zu früh für Erleuchtung, eindeutig, meine Güte, es gibt noch so viel umzugraben. Die Sinne können es ertragen, noch schärfer zu werden, Tonnen und Abertonnen an Emotionen gehören geschürft, geschleppt, verwaschen. Ich bin jung, auf meinen Schultern ist noch Platz und viel zu wenig Dreck noch an den Schuhen.

Lernen. Lernen. Lernen. Weiterlernen. Sehen, fühlen, sich zerren und beuteln lassen.

Und dass ihr mir fehlt, das ist schrecklich. Das ist groß und schmerzlich, aber genau das macht es so kostbar. Dieses Gefühl, das ich empfinde, das mich in manchen Nächten fast zum Zerbersten bringt, das bedeutet etwas. Das ist ein Zeichen. Von nichts kommt nichts. Und da ist so viel. Also, ich versuche es weiter.

Danke für eure Post und die seltene Gesellschaft (da finde ich jetzt auch gar nicht die passenden Worte dafür).

Vertrauen.

O

Tag 61 von 183.

… und dann kommt der helle Himmel, nachts, und er stürzt auf mich herab und mich zu Boden und ins Schweigen der Sterne.

Die Augen. Ich habe mir seine Augen diesmal genauer angesehen. Schön sind sie, wie der Himmel sind sie, hellblau, klar, stechend. Nichts Weiches liegt in ihnen, nichts Warmes. Hart sind sie, hart und kühl, ein eisiges Blau, tief und verschlossen. Er öffnet sie nie zur Gänze, immer halb verborgen sind sie, und nur so kenne ich ihn, nicht anders.

Wenn er mich ansieht, während wir miteinander schlafen, sehe ich manchmal etwas Fragendes. Oft sehe ich seine Erregung, das gefällt mir sehr, seine Anstrengung, sein Empfinden, das Unmittelbare. Manchmal sehe ich auch einfach nur mich selbst in seinen Augen, die gleiche Unsicherheit, das gleiche Fragen, die Lust.

Nichts ist näher und intimer, und gleichzeitig ist er mir nie ferner und ich könnte nicht hilfloser sein als unter seinem Blick.

Was bedeutet diese Verbindung.

Wien.

Alles hat sich aufgelöst, alles startet von Neuem.

Was ist der Mensch doch für ein unbeständiges Wesen. All das wilde Bersten von tiefster Empfindungen – weggewaschen. Als wären Gefühle Zimmerpflanzen, die man zurücklässt, wenn man auf Reisen geht. Kommt man zurück, leben sie kaum noch, oder sind gestorben. Jemand hätte da sein müssen, um sie zu pflegen.

Die Distanz löscht die unmittelbare Ebene der Zuwendung.

Als ließe man Sorgen und Verantwortung tatsächlich zurück, weil sie zu schwer wiegen würden, im Gepäck.

Vielleicht sind manche Dinge einfach gar nicht transportfähig.

Ortsgebunden.

Und, wie wird es jetzt sein, da ich wieder zurück bin.

Alles von Neuem? Alles wie vorher? Wirklich?

61/183
Strangers in the night, that is, what we are.

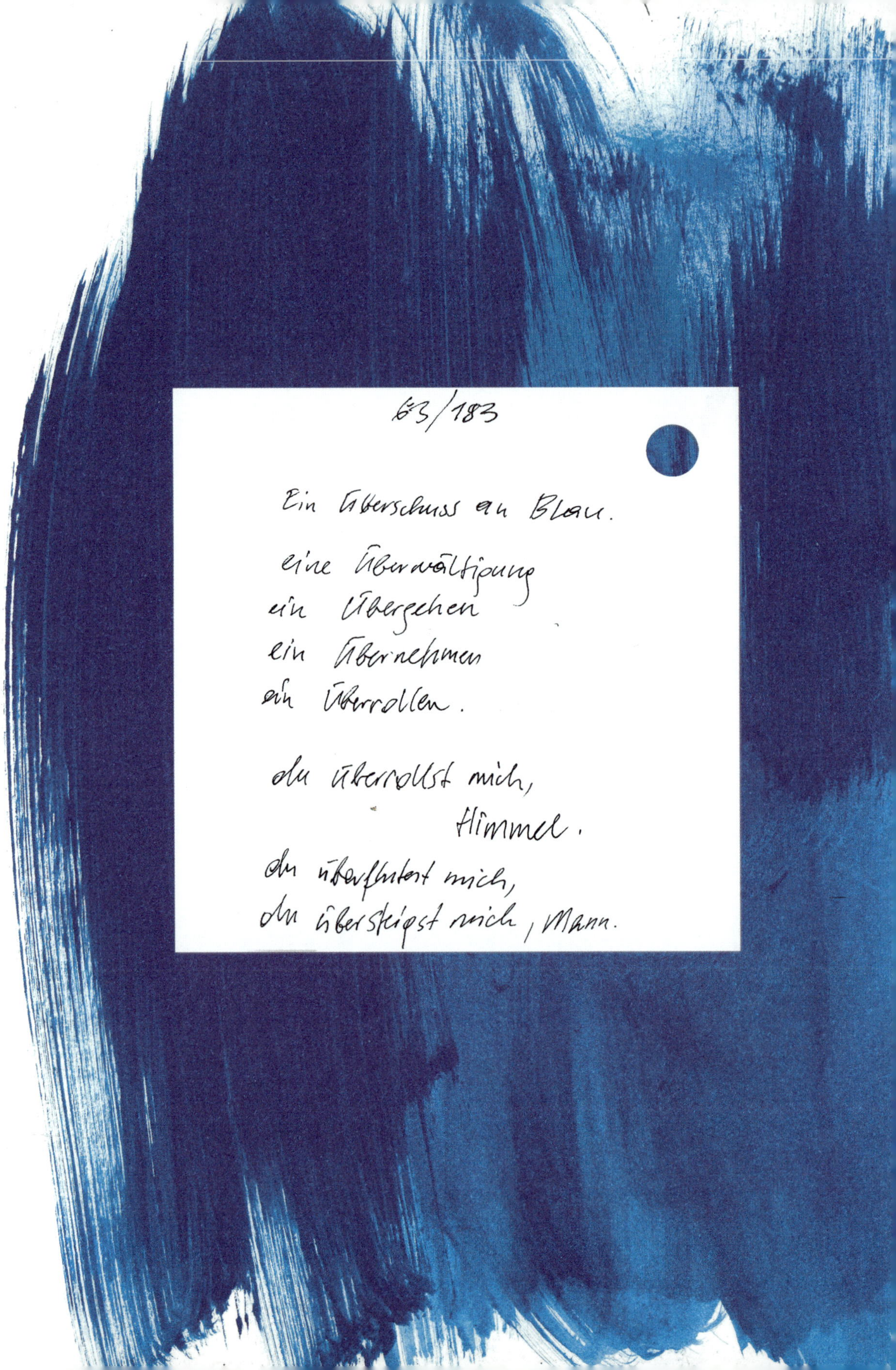
63/183
Ein Überschuss an Blau.
eine Überwältigung
ein Übergehen
ein Übernehmen
ein Überrollen.
du überrollst mich,
Himmel.
du überflutest mich,
du übersteigst mich, Mann.

64/183
die weiße Weite,
die dunkle
Nähe.

64/183

Troublenotsleeping.

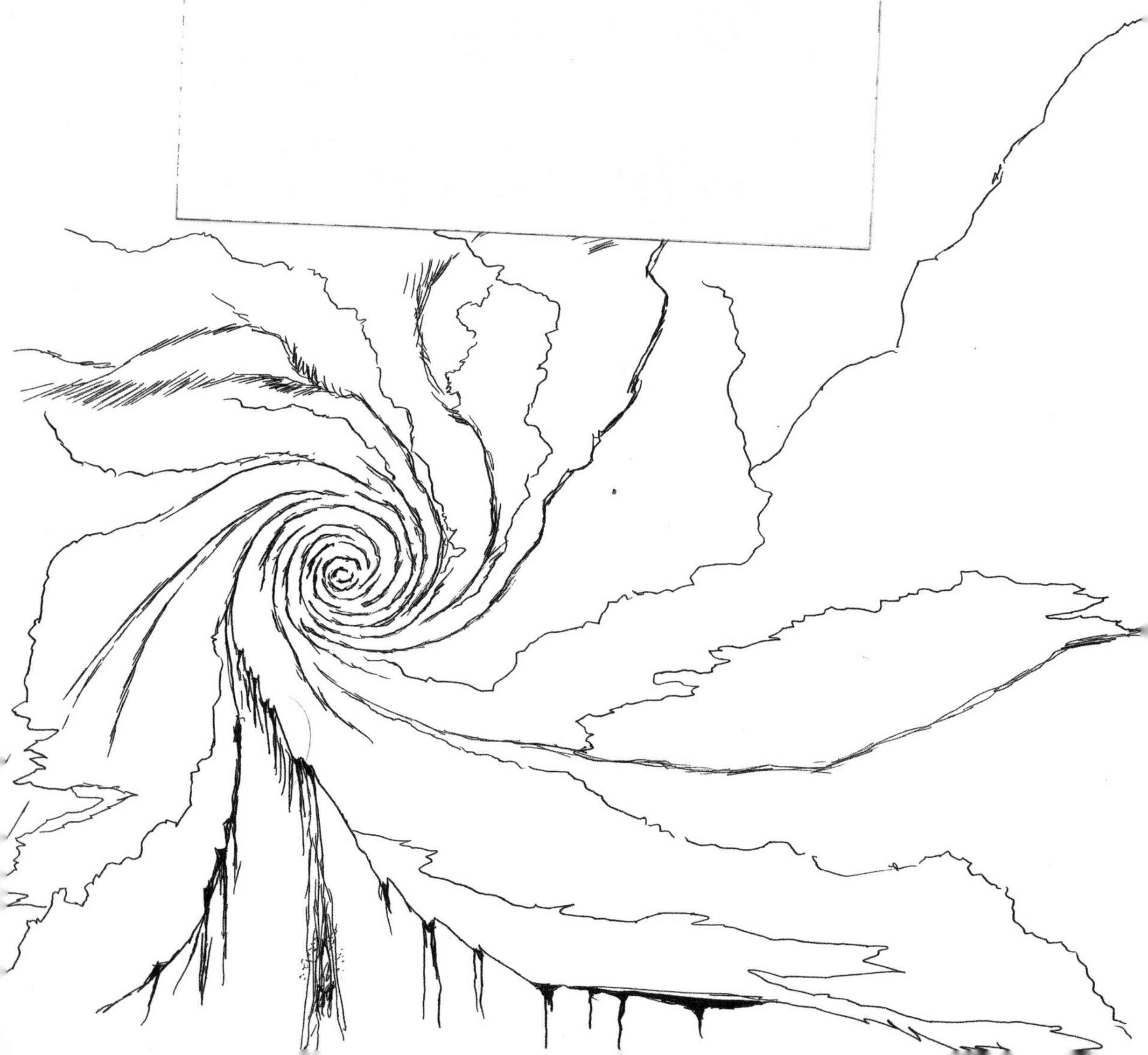

65/183

Der Mensch. Die Menschen sind …
gibt es etwas Wilderes, etwas Roheres, feineres, etwas Verzweigteres, Kunstvolleres, Klügeres, Hilfloseres.
So sind die Menschen. Sie bauen Universen in ihren Gedanken und sind doch so ängstlich und vergeßlich.

66/183

die Sonne ist so weit entfernt,
die Dunkelheit ist immer nah.

(weshalb es so wichtig ist, für sich ein
stetig heller Stern zu sein)

67/183

THROW
EYES
OUT
WINDOW

Meine Augen.

Meine Augen sind Hände.
Sind Tentakeln, sind Klauen, sind Scheren.

Meine Augen sind Schaufeln.
Sind Bohrer, sind Sägen.

Meine Augen sind Schwerter.
Sind Sensen und Guillotinen.

Meine Augen sind Pistolen.
Sind Stricke und Schlaftabletten.

Das Bäumchen.

Die Ärztin vermutet, dass die seltsame Stelle am
rechten Unterarm eine bösartige Wucherung sein könnte.
Ich weiß es nicht.
Was ist nun?
Ein neuer Weg. Neue Gedanken.
Ein Wandel ist erahnbar.
Ich habe keine Angst.

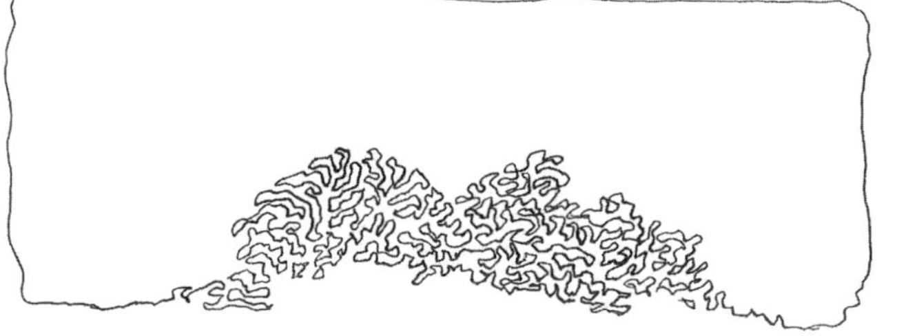

68/183
JETZT GEHTS UM DIE EWIGE GÜLTIGKEIT.

68/183

What do you fear for?
You are a bird. Birds don't fear.

68/183

ALLES IST SO LAUT.
DAS LEBEN IST
SO LAUT, ES SCHREIEN
'LIEBE MICH',
'BENUTZ MICH'.

70/183

Ich glaube, heute ist
Tag 70, aber ich bin
mir nicht sicher.

Es ist kalt, heute. Mir
Ist kalt, unendlich kalt.
Es ist, als würde ich
mit allem Inneren Brennen
gegen die Kälte ankommen
wollen, aber es wird mir
immer kälter und kälter.

71/183

Kompromisse aus
Unsicherheiten heraus.

Dump that shit.

72/183

Ich will ein Geist sein, der immerzu beweglich ist, so wie ich in einem Körper lebe, der sich stets bewegt und verändert, so wie ich in einem Haus lebe, das sich stets verändert und atmet und offen ist.

73 / 183

genug jetzt.
ich kann dein gesicht
schon längst auswendig.

O

Tag 73 von 183.

Manchernachts ging ich aus und trank Wein. Ich trank, bis meine Beine ihre Konsistenz veränderten und mein Körper unmerklich ins Wanken geriet. Ich trank, bis meine Seele ihre Konsistenz veränderte und meine Wahrnehmung unmerklich ins Wanken geriet. Ich mag den Moment, in dem ich spüre, ins Wanken zu geraten. Die Bewegung glättet die Falten fauler Kompromisse, macht mich geschmeidiger und zugegeben, im Denken seltsam zeitverzögert. Ich mag den Moment, in dem sich die Konsistenz verändert. Ich trinke, bis die Zeit ihre Konsistenz verändert und in einen Nebel gerät, sich verirrt und ich mich auf den Weg machen muss, sie zu suchen.

Manchernachts ging ich hinaus, um zu suchen.

Sich innerhalb von vier Wänden aufzuhalten und zu suchen, macht mit Sicherheit irgendwann wahnsinnig, weil man früher oder später den Wahnsinn findet. Sich innerhalb der eigenen Distanz aufzuhalten, um des Aufhaltens willen, macht irgendwann den Sinn erkennen, der jedoch ist:

Wahnsinn, Wahnsinn, das Sich-innerhalb-vierer-Wände-Aufhalten ist das Sich-Aufhalten selbst.

In dieser Nacht ging ich hinaus und wurde gefunden. Und wurde betrunken und rauchte die erste Zigarette meines Lebens. Hustend, mit tränenden Augen, lachend und gezündet mit der Euphorie, etwas ein erstes Mal getan zu haben.

74/183

Neurotisch und betrunken.

O

Tag 74 von 183.

warum ich nachts an das bekannte fenster fahre,
die wahrheit im nebel
ist eine unangenehme frage.

einen weg einzuschlagen,
mit gefesseltem verstand im schlepptau.
entscheidung, gegen unkenrufe.
und bald schon stehe ich dir zu füßen.
als schwertfisch im gebirge.

und wieder kein laut,
und gehe,
(trage, was ich dir geben wollte, fort)
zurück ins dunkle dickicht ferner auen.

O

Tag 75 von 183.

warum du mir gehörst, warum es kein auskommen gibt, für dich, selbst wenn du scheinbar frei nach deinem willen ein und aus gehst in meinem haus, in meinem körper – dieses warum ist keine frage mehr.

ich hörte auf, fragen zu gebären, jedes mal aufs neue, nachdem du deinen stummen samen in mir zurückgelassen hast und gegangen bist. mein wesen konnte nichts lebensfähiges daraus bauen, nur blinde, nackte, unaufhörlich, unheilvoll blökende fragen, die von meiner brust nicht trinken wollten und auch von meinem blut nicht, bis sie schließlich verdorrten.

verzweiflung. jedes mal aufs neue eine wilde verzweiflung, wilde jagd. das wild, angeschossen, läuft, bis es umfällt, das dauert tage, wochen. bedroht, schon längst nicht durch den jäger, nur von der frage, ob sein hund schon nah und wann der letzte schuss wohl fällt.

genug jetzt, sagte ich, so leise, dass du es nicht hättest hören können. genug, sagte ich lautlos, stand auf vom bett, in dem du schliefst. sicheren schrittes in der dunkelheit fand ich ein band, schlich gleich zurück an deine seite, noch eh mein körper deine wärme an die nacht verlor.

das band. warum es kein auskommen gibt. und das warum eine frage, die nach nichts verlangt.

die farbe blau.
der himmel fällt von tages gipfel tief in nachtes tal.
die dunkelheit liegt kühl und schwer auf deinem handgelenk,
das bin ich.

stell mich in eine Ecke und
stell dich hinter mich, damit
ich nicht weggehen kann.
Halte meine Hände mit den deinen
fest an die Wände gepresst, damit
ich mich nicht umdrehen kann. lege
deine Stirn in meinen Nacken, um
dem Geschehen Schwere und Bedeutung
zu verleihen.

schließe die Augen, schweige,
und so werde auch ich schweigen
und mich mit dem Sein begnügen.

77/183
1000 GUYS TO FUCK BEFORE YOU DIE !!!

77/183
Etwas Echtes.

82/183

Tag 82! Ich habe nachgezählt.
Das ist eine Überraschung. Wir sind
also irgendwie drei Tage abhanden
gekommen. Wie konnte das passieren!!

Heute ist der vierundzwanzigste
Oktober.
Bald ist Halbzeit.

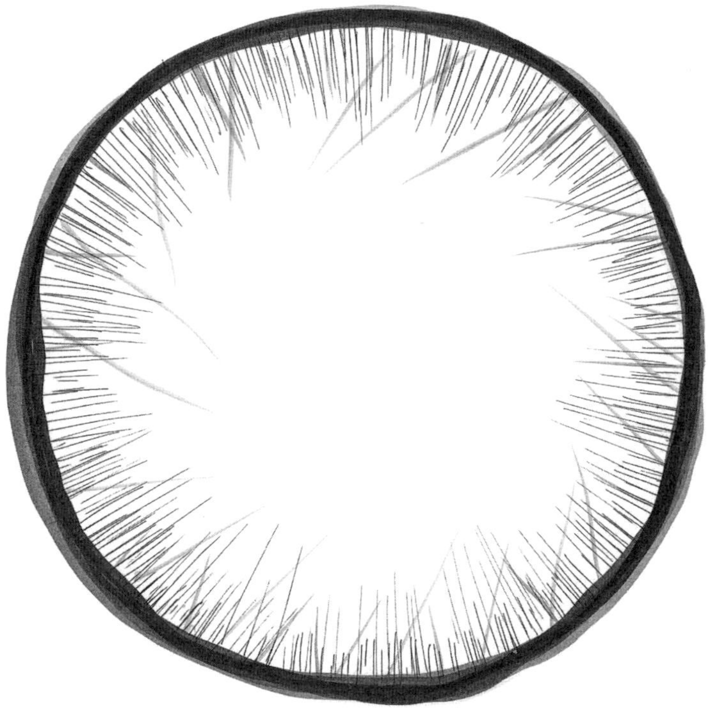

trapped inside an inverse sun.

O

Tag 82 von 183.

Ich fahre weit, um mir Stücke entnehmen zu lassen, damit sie untersuchen können, ob da etwas ist, das nicht da hingehört. Ob auf mir etwas wächst, das in dieser Form nicht wachsen sollte. Etwas Gefährliches, etwas Verändertes. Etwas, das mich umbringen könnte, wenn man es nicht fortnimmt von mir.

Ich nenne es „Bäumchen“.

Ich hoffe immer noch, dass es nicht bösartig ist.

Ich rede ihm gut zu. Ich sage: Hab keine Angst. Sie werden dich nicht ausgraben, denn bestimmt bist du okay.

Das ist neu. Eine neue Begebenheit. Da ist etwas, direkt auf mir, an mir, das mich töten würde, wenn man es ließe. Und vielleicht ist es auch ganz natürlich. Vielleicht ist es nun einfach so vorgesehen, dass ich fertig bin, hier. Dass es genug ist. Dass ich meinen Auftrag erfüllt habe.

Aber sie werden es nicht so weit kommen lassen. Sie werden untersuchen, ob es das ist. Und wenn es das ist, dann schneiden sie es ab, von mir. Und ich lebe, länger.

Pluszeit.

Extrazeit.

Ich sollte diese Zeit wahrscheinlich …

irgendwie …

anders …

Ich weiß nicht.

Noch traut sich niemand, das K-Wort zu sagen.

Noch versuche ich, dem K-Wort auszuweichen.

Sie haben drei Teilchen aus mir herausgeschnitten.

Sie werden Dinge mit ihnen anstellen. Sie zerkleinern, aufbereiten, ganz genau ansehen. Und dann … etwas sagen. Ein Ja oder ein Nein wird es sein.

Ein dunkles, schweres Ja. Oder ein helles, leichtes Nein.

Es sind schon jetzt so viele Ja um mich herum. Meine Familie droht in einem monströsen Strudel des Ja zu ertrinken. Sie haben ihn selbst herbei geweint und aufgewirbelt. Sie wollen die rettenden Äste, die ich ihnen reiche, nicht ergreifen, weil sie der Illusion erliegen, sie würden in Flammen stehen.

Und in Wahrheit stimmt es, ich stehe in Flammen. Aber niemand muss das wissen. Niemand soll es wissen.

Alles hat sein Timing. Und ich bin jetzt allein und kann das allein durchziehen. Nichts ist schlimmer als Mitleid. Nichts ist schlimmer als wenn man schon von allen in den Sarg gelegt wird.

So wenige Sargträger wie nur möglich. Ich trage mich selbst, mit Leichtigkeit.

Vielleicht ist das auch einfach die Natur. Die Schwachen und Kranken werden in den Wald geschickt und ihrem Schicksal überlassen. Ich habe mich selbst in den Wald begeben, weil ich meinen Wald nicht als Bedrohung empfinde. Ich habe mich entschieden, in mich zu gehen. Habe ich das alles vorausgeahnt?

Und wieder handle ich entgegen dem Lauf der Dinge.

Die Anomalie wehrt sich.

Das, was auf mir wächst, das ist die Natur.

Die Anomalie, das bin ich.

82/184

Gelber Wald.

83/183

Briefe kommen nicht an,
Begegnungen finden nicht
statt, Türklingelknöpfe
werden nicht gedrückt.
Spielt alles um mich herum
nun endlich mit?

Ist dieser Herbst mein
Freund oder mein Untergang?

83/183

100 Tage
to go.

83/183

Der stetige Kampf für und gegen etwas.

für und gegen sich selbst.

Aber wie soll ich anders tun, ich bin so erzogen worden.

83/183

Rahmenhandlungen.

Ein Glas Wein, noch ein Glas Wein, wieder in Dauerschleife. Nur ein Beispiel: Colorblind von den Counting Crows, oder auch: Napoleon on the Bellerophone von Beirut, außerdem immerzu Gedanken an den nächsten geglaubten Ausbruch aus dem Marmeladenglas, immerzu Träume von einem Tier, das halb Hund ist und halb Pferd, schließlich und begleitend: viel Pankemeel, wenig Schlaf, und wenn, dann zu den falschen Zeiten. Und Sehnsucht, immerzu die Sehnsucht nach

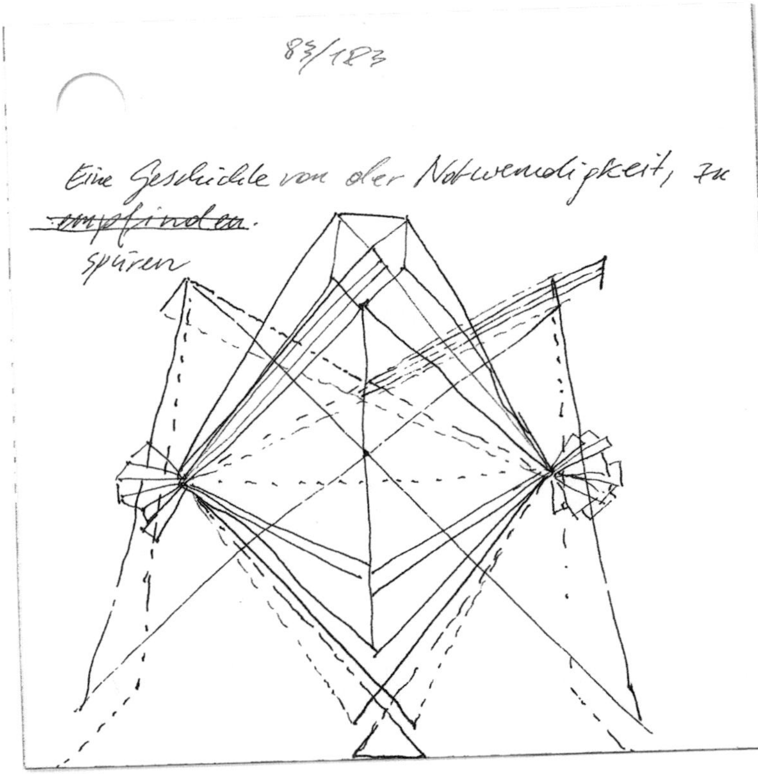
83/183
Eine Geschichte von der Notwendigkeit, zu ~~empfinden~~. spüren

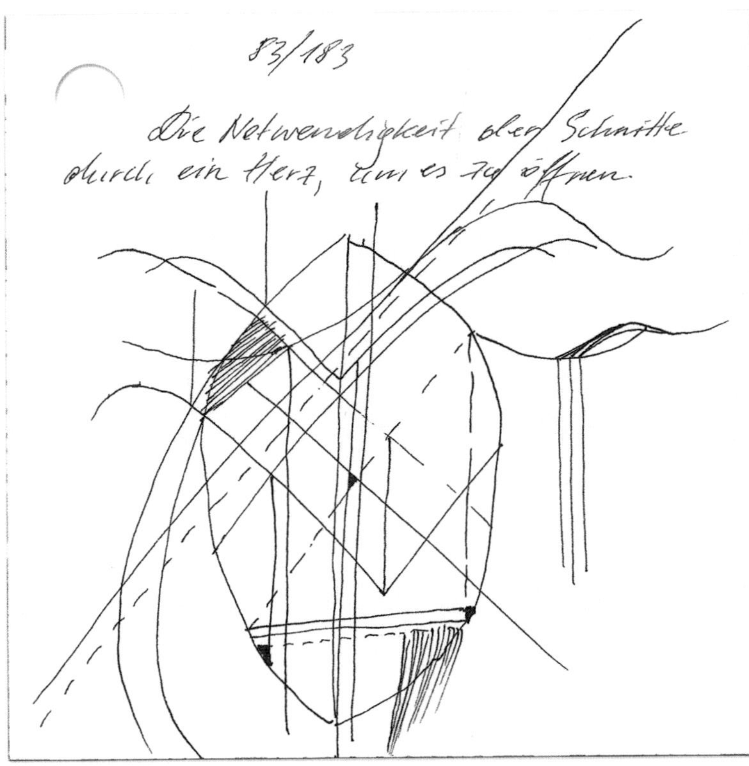
83/183
Die Notwendigkeit der Schnitte durch ein Herz, um es zu öffnen.

85/183
Wintereinbruch.

du spendest keinen trost, mann der zweifel, junge aus stein und stahl, bergfuchs.
jede nacht ein bett aus nägeln, jede nacht eine raserei, und erst in den letzten, sich tückisch echt anfühlenden traumbildern der morgenstunden zur ruhe finden, endlich etwas finden, einen arm, der wie ein flügel ist, einen flüchtigen, warmen blick an einer aufgelassenen bushaltestelle.

nacht für nacht spinne ich stetig deinen stahl zu drähten und mahle deinen stein zu feinem sand. mühelos, als wäre ich für diese aufgabe geschaffen.
und wenn kein trost, so zumindest material für inseln und kathedralen.

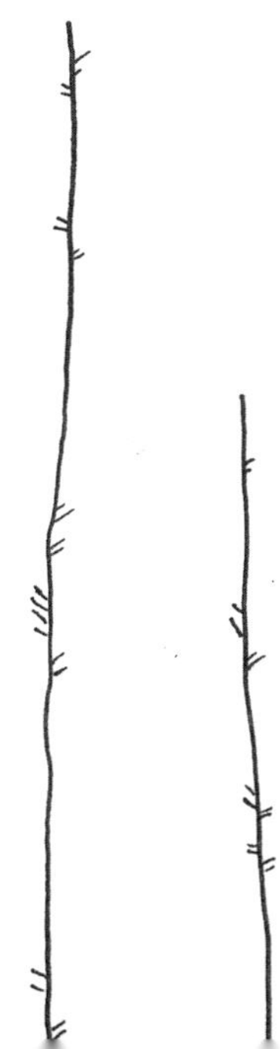

80 / 183

Des nachts ist es gleich,
ob ich die Augen schließe
oder öffne, ich sehe immer dass
Selbe, ich sehe Dunkelheit, schwarze
Dunkelheit außen und im Inneren,
oder aber ich sehe dich, vor meinem
äußeren Auge und auch vor meinem
inneren Auge.
(In Wirklichkeit ist es jedoch so,
dass ich mit offenen Augen nur
die Dunkelheit sehe, und dich dann
nur vor meinem inneren Auge.
Langsam beschleicht mich der
Verdacht, dass es keinen Unterschied
zwischen euch gibt. Dass du die Dunkelheit
bist, oder dass sie du bist.)

86/183

DU BIST EIN MENSCH
DU FÜHLST ETWAS
WAS FÜHLST DU
DU EMPFINDEST ETWAS
WAS EMPFINDEST DU
ICH WILL WISSEN
WER DU BIST
MENSCH
ICH WILL WISSEN WER DU BIST

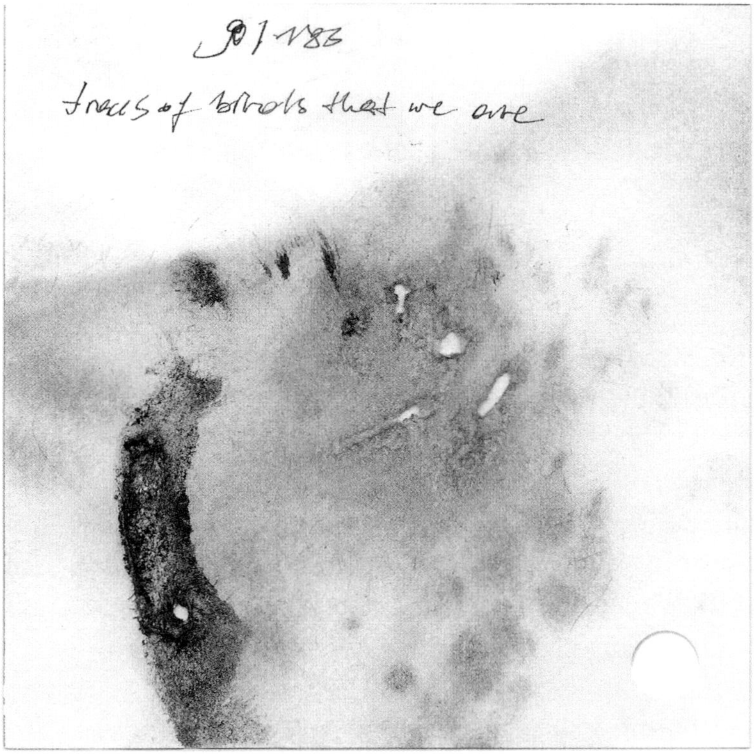
90/183
traces of birds that we are

90/183
Alte Freunde, neue Freunde,
und ein halbes Grillhuhn!

o

Tag 91 von 183.

Unruhe.

Ich weiß nicht ein noch aus.

Das Ergebnis ist noch nicht da. Es wird wohl doch so sein, dass …

Eigentlich nur noch warten.

Ich weiß nichts anzufangen. Mein Gehirn ist blank. Es ist, als wäre eine Nebelbank aus dem Nichts aufgezogen und hätte mir völlig die Sicht genommen. Nur noch warten. Nichts ist hier. Womöglich bin ich auch gar nicht mehr hier. Nicht mehr so richtig.

Anomalie: Du gehst durch den Nebel und stößt plötzlich auf etwas, das dort gar nicht sein sollte. Das bin ich.

Wie ist das, wenn das eigene Kind plötzlich eine Krebsdiagnose bekommt? Für meine Mutter ist es ganz schrecklich. Die Schreckensnachricht verbreitet sich wie ein Lauffeuer in der Familie. Die Familie ruft ständig an. Sie fragen, wie es mir geht.

- Na? Wie geht es dir? Geht es dir gut?

- Ja, es geht mir gut. Natürlich geht es mir gut. Warum sollte es mir schlecht gehen.

Und das ist wahr, es geht mir nicht schlecht. Ich fühle mich nicht, als würde ich jetzt sterben. Es geht mir wie immer. Zwischen der Woche, in der es noch keinen Verdacht gab, und der Woche mit bestätigtem Verdacht besteht in meiner Befindlichkeit kein Unterschied. Nur gestresst bin ich. Ich bin furchtbar gestresst. Von allem um mich herum. Ich will Ruhe, nichts als Ruhe. Ich will nicht angerufen und bemitleidet werden. Ich will keine Sorgen und Ängste, die auf mir kleben bleiben und mich daran hindern, mich frei zu bewegen.

Ich sage: Lasst mich in Ruhe, das ist meine Sache, das gehört mir. Aber alles, was ich bekomme, ist noch mehr Sorge und noch mehr

Angst. Ich kann nicht verlangen, diese Herausforderung allein zu meistern. Ich kann nicht verlangen, in Ruhe gelassen zu werden. Dieser Körper ist ein Teil der Familie und ich darf ihn meiner Familie nicht wegnehmen. Es ist schlimm genug, wenn das eigene Kind plötzlich eine Krebsdiagnose bekommt, und dann will es auch noch allein damit umgehen. Das geht nicht. Das funktioniert nicht. Das muss ich wohl hinnehmen.

Wenigstens bin ich von meinem sozialen Umfeld abgeschnitten. Ich hätte es nicht verheimlichen können. Vermutlich hätte ich es einigen Leuten gesagt. Offenheit ist nicht immer gut. Aber dieses Alleinsein, jetzt, wo es anscheinend wirklich um etwas geht, das ist auch nicht immer ganz gut. Obwohl ich nicht genau abschätzen kann, wie meine Freunde mit so etwas umgehen würden.

Im Großen und Ganzen kann man fast sagen, dass es ein gutes Timing ist. Wirklich gut. Ich kann mich darauf konzentrieren. Ich kann mich auf mich konzentrieren. Zumindest in der Theorie.

Theorien.

Theorien verlieren an Bedeutung.

Ich hatte die Theorie, dass ich mit etwa vierzig Jahren sterben würde. Das hatte ich dann versucht zu verwerfen. Spielte andere Zeitspannen durch. Sechzig. Siebzig. Achtzig, obwohl das dann schon in Richtung Utopie ging. Und es fühlte sich seltsam an, vielleicht genauso seltsam wie Columbus sich fühlte, als er damals plötzlich dieses neue Land entdeckte. Ich hatte mir die Vierziger-Grenze gesetzt, da war ich noch ein Kind. Irgendwann schnappte ich diese Zahl auf, es ging wohl um Lebensdauerwahrscheinlichkeiten mit meiner Diagnose. Und so etwas vergisst man nicht. Das brennt sich für immer ein. Das nennt sich dann Deadline. Das wirkt auf das gesamte Leben, schleichend natürlich, aus dem Untergrund. Vielleicht war ich deshalb immer ein getriebener Mensch. Immer eine scharrende Ungeduld, immer ein schlechtes Gewissen, wenn einmal nichts Aufregendes passierte. Immerzu die Sehnsucht zu verreisen. Immer hungrig nach Erfahrungen. Vielleicht wäre mein Leben ganz anders verlaufen, hätte ich dieses Datum nicht vor mir gehabt. Und diese Grenze zu verwischen, das ist nicht so einfach. Den Gedanken zuzulassen, vielleicht doch eine eigene Familie aufzubauen. Das ist ein Gefühl wie vor einer Raummission zur Besiedelung einer zweiten Erde. Stell dir vor, ab morgen gibt es die kalte Fusion. Stell dir vor, morgen finden sie ein Mittel zur Genkorrektur und du bist plötzlich ein normaler Mensch, gehst auf die Bank, um eine Pensionsvorsorge abzuschließen. Solche Dinge gab es in meinem Lebensmodell einfach nicht. Ich versuche dennoch, mir das vorzustellen. Langsam, ganz langsam, auf wackeligen Beinen und dem neuen Untergrund noch nicht ganz trauend, tastete ich mich voran. Und jetzt?

Das ist es jetzt wahrscheinlich. Und sie sagen mir, dass das keinesfalls ein Ende ist. Doch es ist ein Anfang, das kann man zu leugnen versuchen, aber funktionieren wird es nicht. Ich habe die Merkwürdigkeit der merkwürdigen Körperstelle schon seit Monaten beobachtet. Ich hatte nie das Gefühl, dass es Krebs sein könnte. Der Gedanke kam auf, aber ich ließ ihn nicht stark werden. Ich habe mich nicht gewehrt, weil es noch nichts gegeben hat, wogegen ich mich hätte wehren können. Weder die unmittelbare Lebensbedrohung noch eine bestätigte Diagnose. Und doch war ich alarmiert und habe die Stelle bei der nächstbesten Gelegenheit einer Expertin gezeigt. Ich denke jetzt über diese Prozesse nach. Das Wissen im Inneren, das Gespür, die Kommunikation eines Körpers zum Verstand, und wie Impulse in Handlungen umgesetzt werden. Ich lerne.

Und es nimmt kein Ende. Egal, wie lang die Zeitspanne ist, in der man sich bewegt. Ein Tag, ein Jahr, ganz gleich, es fühlt sich an wie eine Ewigkeit.

Warten.

Warten, worauf?

91/183

Der Sturm vor der Stille.

O

Tag 92 von 183.

Monatliche Nachricht an die Außenwelt.

November also. Nicht schlecht.

Es ist jetzt dreiviertel sechs am Morgen. Es gäbe so viel zu sagen, aber jetzt gerade, im Moment, hat sich wiedermal alles aufgelöst.

Immer wieder löst es sich gefährlich auf, im Alltäglichen, im profanen Geschehen. Es ist jetzt Halbzeit und wenn ich am Tag viel erledigen muss, dann fühlt es sich plötzlich so an, als wäre alles normal. Dann wird das Straucheln und Rasen schwächer, dann lebt man einfach, in den Tag und in den nächsten hinein: Termine, Bürokratie, Familie, Haushalt, Fernsehen, Schlafen. Und das ist natürlich auch eine von den Lektionen und Erkenntnissen. Und klar sagt man dann: Nein, so möchte ich nicht leben, nicht einfach hinein leben in den Tag und hinaus leben, in Endlosschleife. Und im nächsten Moment erscheint es einem wie ein jugendlicher Hippiewunsch, wie die Worte des gescheiterten Träumers (oder des träumenden Gescheiterten). Man weiß, dass Leben ja so irgendwie funktioniert, dass das eine Erfolgsgeschichte von Leben und Überleben ist, aber ... aber, aber, aber, aber, keine Ahnung, also ich hab da noch nicht der Weisheit letzten Schluss gefunden. Das Bild bleibt unvollständig. (Und das ist manchmal nichts als eine Ahnung, nur wenn man sich besinnt, dann schlägt es einem plötzlich mit voller Wucht mit einem Stahlrohr ins Gesicht.)

Halbzeit. Ich bin ja selbst erstaunt, dass ich schon so weit gekommen bin.

Ich gebe zu, ich bin manchmal abgewichen, habe meine Regeln nicht ganz eingehalten. Aber das geschah, weil es geschehen musste, weil es ein wissenschaftliches Experiment ist und ich vorsichtig herumprobiert habe, was passiert, wenn Fall A oder Fall B eintritt. So weit, so gut.

In der zweiten Hälfte dieses Trips werde ich aber wieder zurück auf die Spur kommen. Es wird keine Abweichungen mehr geben. Ich habe genug herumexperimentiert, jetzt gilt es, das Gelernte zu etwas Hand-

festem zu verarbeiten. Ich möchte das gut machen, ich will jetzt nochmal richtig nachlegen und das Ding durchziehen. Es bringt etwas. Es passiert etwas Wichtiges, hier. Und ich möchte das dann auch irgendwie teilen können. Es braucht Form. Geist muss zu Körper werden.

Ich meld mich also dann in einem Monat wieder.

+ Immer noch ganz vernarrt in Briefpost.

+ Bitte plant bloß nichts zu meinem Geburtstag. Das wird nachgeholt.

Bis dann!

93/183

DAS iPHONE IM SAND BEGRABEN.

94/183

Muss
mein
Möwisch
aufbessern.

"Kkkaaawh - awwh - awh"

O

Tag 95 von 183. Marbella

Das Nachtmeer ruft mich zu sich.
Dunkle Mutter, rauschende Geliebte,
Ursubstanz.

Das Nachtmeer verschmilzt mit dem Nachthimmel. Die Weite wird unsichtbar, es gibt keinen Horizont mehr. Alles kommt mir nah, eine tosende Schwärze liegt unmittelbar vor mir. Wie aus dem Nichts erscheinen weiße Bahnen aus Schaum, rollen auf mich zu, als hätte ich sie gerufen. Dort, wo sie herkommen, ist etwas. Die Tiefe, das Innere, eine dunkle, bedrohliche Sehnsucht. Ein Sog, alles sein zu lassen, sich zu ergeben und hineinzugehen, und als jemand anderes zurückzukommen, oder nicht zurückzukommen.

Das Meer tröstet über alles hinweg. Trauer, Schmerz, Verrat, Verlust, Einsamkeit, alles verliert an Schwere. Die eigene Unvollkommenheit wird erträglicher, man verzeiht sich selbst, man kann gleichzeitig lieben und sich gänzlich von Liebe befreien.

Alles loslassen. Was ist das Dasein? Was ist noch bedeutend angesichts der Kraft und Größe des Meeres. Hingabe als einziger Ausweg.

So möchte ich sein, so möchte ich lieben. Nicht wie ein Mensch lieben, lieben wie das Meer.

95/183

Nachtmeer, nightmare.

98/183

Am Meer sein ist:
warten, bis die Flut kommt und
wieder geht.

99/183

Meine Lieblingsangst ist, dass mir
eine Möwe auf den Kopf scheißt.

99/183

Wenn ich auf Reisen bin, suche ich mir einen schönen Ort, einen schönen Platz, und bleibe dort. Tagelang gehe ich dieselben Wege immer wieder, sitze auf derselben Bank, gehe in das selbe Restaurant.

Ich baue mir eine solide Erinnerung. Ich möchte nicht tausend Orte sehen und vergessen, lieber hundert Orte, an denen ich gelebt habe und die für immer in mir lebendig bleiben.

99/183

Reisen auf Russisch.

Einmal möchte ich eine Reisetasche locker einpacken können, ohne um jeden Zentimeter feilschen zu müssen. Einmal nur kein 'das muss sich doch ausgehen', nicht mehr mit der Angst unterwegs sein, das Ding könnte mitten im Flughafen-Gepäcktransportsystem aufplatzen oder im Frachtraum der Maschine explodieren. Und alles nur wegen Russland, dem Land, aus dem ich einst kam, mit nur einem prallen Koffer. Alles nur wegen der ganz eigenen Mentalität, wegen der Erziehung. Einmal werde ich mich emanzipieren, von der Mutter, die, als sie so alt war, wie ich jetzt bin, Fallschirmspringerin war. Fallschirme packen, das habe ich mit ihren Genen mitbekommen. Pack gut, oder stirb.

103 / 183

Ich kann fliegen.
Ich kann im Dunkeln sehen.
Ich bin unsterblich.

104/183

ein schwarzer Vogel, der niemals landet.

104 / 183
Inmitten der Erwartung
eines Wunders einschlafen.

106/183
A LETTER WITHOUT
LETTING.
106/183
A NOWHERE
ON THE RIVERS OUTER
SHORE.

106 / 183

- 'nimm mich ernst!'

- 'aber hast du denn nicht das Gefühl, dass ich es tue?'

(ein gutes Selbstgespräch.)

106 / 183

Dass nichts funktioniert, ist eine Illusion, weil der Mensch meistens blind ist.

Ich frage mich, ob Tiere auch dieser Illusion aufsitzen, oder ob es ein rein Menschliches Verfehlen ist.

und wie werde ich
funktionieren?

morgen fahre ich, das
Bäumchen fallen zu
lassen.

---

morgen fahre ich mir den
Krebs wegoperieren lassen.

wie werde ich danach
funktionieren?

110/183

Unlogische Dinge, die wir tun, um uns vor der Panik abzulenken:

Mama wäscht Wäsche im Krankenzimmerwaschbecken.

TOD

112/183

Ich will meine Gesten nicht interpretiert glauben.

Ich will aufhören, deine Gesten zu interpretieren.

113 / 193

Verstand vergeht.

Eine graue Wolke bleibt,
eine Berührung, eine gelassen-
wandelbare Gestalt von
unaufdringlicher Farbe.

114/183

Eine Insel, die ein Schiff ist, die sich losmacht von der Liegestelle, oder losgemacht wird, klammheimlich in der Nacht, um den Fluss langsam hinabzutreiben, ein fremdes Uferband entlang.

Und ein aus der Ferne heimgekehrter Freund.

115/183

Muss ich denn untergehen,
um dir kein Hafen mehr zu
sein?

Muss ich denn selbst versinken,
um nicht für alle Ewigkeit
auf ein gesunkenes Schiff
zu warten?

115/183

schreiben, was es aus mir spricht, nicht etwas, das man sagen will, etwas geben, das nicht anders kann als hinaus, ein Geier, der den letzten Knochen ausspeit, ein Leben, das aller Vergleiche überdrüssig ist. Aufhören, zu müssen, was man muss, sein, um nicht nicht zu sein und sonst garnichts. Nichts mehr fordern, nur geben, würgen und brechen, zerbrechen und zerbröckeln und den einzigen Ausweg als einzige Wahrheit umarmen.

117/183

den Fehler gemacht, Darvin nach seiner Meinung zu fragen.

Blut.

Blut und Schatten.

Blut und

Schatten.

Blut und

Schatten. Blut.

118/183

Wege aus der Krise:

Möglichkeit Nr. 1:
Schweigegelübde.

Möglichkeit Nr. 2:
Dauerbesoffen sein.

118/183

„Hier geht es nicht um Schönheit, hier geht es um Möglichkeiten."

Kramer.

O

Tag 119 von 183.

Das ist die Krise der Kunst, vor der ich mich gefürchtet habe.
Es ist nichts in mir. Nichts. Gar nichts. Es fühlt sich nicht einmal mehr wie eine Blockade an, es ist einfach kein Gefühl da. Mein Körper ist geschwächt und schockiert von dem Eingriff, mein Geist scheint sich verkrochen zu haben.

Ich habe das Projekt angefangen, weil ich mich, von äußeren Einflüssen befreit, auf das Schaffen konzentrieren wollte. Auf das Erkunden meines Inneren, auf das Hervorholen von Ideen und deren konkrete Umsetzung. Nichts. Da ist gerade nur mehr eine Leere, eine Ermüdung. Am Anfang haben mich das wilde Vermissen meiner Freunde, das Vermissen des Austausches und der Gespräche getrieben. So viel Sehnen war in mir, so eine rasende Unruhe. Was ist davon geblieben? Was ist aus den Plänen geworden? Nichts. Zuerst kam der Alltag schleichend daher, nahm mich ein. Ein Putzen und Kochen, ein Wäschewaschen, ein Ordnen und Ernten. Ich habe funktioniert, einen Tag nach dem anderen. Es wurde immer leichter oder besser: Es wurde immer mehr egal. Ich konnte allein sein, und selbst die Einsamkeit konnte mir mit der Zeit immer weniger anhaben. Ich hatte Kontakt zu meiner Familie, ich fuhr in die Stadt für Termine und begegnete vielen Menschen. Und auch wenn ich die meisten nicht kannte, es fühlte sich immer normaler an, nicht angesprochen zu werden, nicht kontaktiert zu werden, eine Fremde zu sein, eine Fremde unter Fremden, ein Teil einer funktionierenden Masse.

Kein Druck, keine Verantwortung, keine Erwartungen zu erfüllen. Nicht vorhanden sein zu dürfen, weil man nicht vorhanden sein muss.

Normalität eines Niemandslandes.

Das habe ich auch erst jetzt gelernt: Druck macht man sich selbst. Druck abzulassen oder gar nicht erst aufzubauen, liegt in den eigenen Händen.

Das kann es jetzt noch nicht gewesen sein. Ich bin doch schon so weit gekommen. Nur, weil jetzt gerade alles stillsteht, auch weil mein Körper noch mit Regeneration und Neuordnung beschäftigt ist, will ich mein Vorhaben nicht frühzeitig abbrechen. Ich bin bloß aus der Bahn geraten, wieder einmal. Damit hat niemand rechnen können, nicht einmal ich selbst.

Pathetischer Gedanke, aber es ist fast so etwas wie eine Prüfung. Ich wollte Neues erfahren, ich wollte an meine Grenzen gehen, begab mich in eine Ausnahmesituation und trat eine Lawine los.

Es ist noch nicht vorbei. Aber dieser Zustand der geistigen Leere und körperlichen Schwäche gefällt mir nicht. Ich breche meine Regeln und schaue immer öfter mal auf Twitter. Ich bewege mich wenig und finde immer öfter Spaß an Alkohol. Ich sieche dahin. Es ist nicht schön. Die Wahrheit ist, ich fühle mich abgeschnitten, sowohl von meinem Leben nach außen als auch von meinem Innenleben. Ohne Aktion oder Reaktion. Ich bin einfach nur noch da.

Vielleicht ist es wirklich etwas, woran ich mich unbewusst erst noch gewöhnen muss. Dass ich da bin. Dass ich den Unterschied begreifen muss zwischen „da" und „nicht da".

Es wird kälter.

Der Herbst hält Einzug.

Alles bereitet sich auf den Winter vor, die Zeit des Innehaltens.

Nährboden für Schaffenskrisen.

Ich darf nicht einschlafen.

Ich muss zurück auf Kurs kommen.

119/183

Wenn man sich nichts sehnlicher wünscht, als Laub zu sein und auf dem spätherbstlichen Waldboden zu verrotten, dann ist das wohl diese Spätherbstdepression von der alle sprechen.

Dass ich das noch erlebe.

121/183

All days slowly blurring into one.

Annäherung an eine natürliche Wahrnehmung der Unendlichkeit.

O

Tag 123 von 183.

Monatliche Nachricht an die Außenwelt.

Dezember. Heute stand ich im Schneegestöber. Schnee. Dezember.

Der November war kurz, er verging wie ein Tagschlaf voll unruhiger Träume. Nichts von dem, was ich mir vor einem Monat vorgenommen hatte, ist aufgegangen. Nichts!! Und es ist noch nicht vorbei, ich bin immer noch inmitten eines Nebels aus Unruhe, Unsicherheit, Rastlosigkeit und Unvermögen gefangen. Es ist eine richtig fette Scheißkrise. Die zweite, nach dem Tod meines Hundes, die zweite, aber diesmal ganz anders, andere Parameter. Schleichend hat es mich umzingelt, eingenommen und beinahe lahmgelegt. Ich hab es nicht vorhergesehen, aber absurderweise hat es doch etwas Passendes, dass es gerade jetzt passiert ist … Dennoch: Es kann nicht als Rechtfertigung für mein derzeitiges Nicht-weiter-Wissen dienen. Ich weiß wirklich nicht weiter. Die kommenden Tage sind entscheidend.

In den letzten vier Monaten ist so viel passiert. Verdammt viel. Ich habe viel gelernt und es hört nicht auf. Selbst in dieser unklaren Zeit, da ich mich vom Plan abgekommen und verloren fühle, passiert so viel. – Aber gleichzeitig habe ich einen Druck und eine Angst, dass es zu wenig ist, dass am Ende nichts herauskommt, sondern einfach in mir gefangen bleibt.

Ich weiß nicht, was passieren wird.

Alles ist im Wandel.

125/183

Eine Ewigkeit damit verbringen,
einen Strand zu formen, indem man
behutsam ein Sandkorn neben
das andere legt,
wie Poesie, wie nach einem
ausgeklügelten System, wie ein
Dirigent.

126/183

Natürlich kannst du einfach auf
Konventionen scheißen und tun, was
immer du willst. Immer, jederzeit.
Deine eigene Herrin sein, in deiner
eigenen Stadt. Aber dann musst du
in Kauf nehmen, zwar immer freier
zu werden, aber auch immer mehr
allein. Die Menschen um dich herum
werden von dir nicht verletzt,
aber verstört werden, sie werden
dich als Anomalie empfinden,
einen Fremdkörper in dir sehen.

„AUSKRISTALLISIEREN."

O

Tag 126 von 183.

Habe ich die Schwelle überschritten, ohne es zu merken?
Etwas hat sich verändert. Ich bin allein, ich bin einsam, aber ich fühle mich wohl. Ich fühle einen blauen Schleier der Sehnsucht auf mir, und es ist angenehm.

Vor dem Fenster zieht ein Mann mit einer lauten Maschine am Gehsteig entlang und fräst den Schnee beiseite. Es ist Winter. Alles schläft noch. Ich bin hier, ein winziges Körnchen Eis inmitten einer langen Jahreszeit. Alles schläft noch, mit angehaltenem Atem. Ich bin hier, in meiner Wohnung, allein. Der Mann und die Schneefräsmaschine sind nicht mehr zu hören. Es ist still, still und schwarzblau. Eine passende Farbe.

Mag sein, dass es bloß mein Hang zum Pathos ist, aber ich mag mich so. Ich weiß, dass in diesem Augenblick niemand auf mich wartet und dass niemand etwas von mir erwartet, nicht einmal ich selbst. Ich rieche Freiheit. Endlich scheine ich dem näherzukommen, was ich schon so lange gesucht habe. Und sei es nur die Antwort auf die Frage: Wie kann ich frei sein?

Vielleicht ist es das. Vielleicht kann man nur frei sein, indem man allein ist.

Allein ist man, wenn niemand da ist, der einen braucht. Wenn niemand einem etwas abverlangt.

Meine Realität sieht anders aus. Ich bin nicht allein. Ich bin nie allein. Es gibt Bedingungen, derer ich mich niemals entledigen werde können. Ich bin jemand, für andere. Ich kann nicht niemand sein.
Ich weiß gar nicht, wie das ist, dieses völlig allein, völlig frei sein. Es gibt Menschen, die sind, weil ich bin. Gäbe es mich nicht, gäbe es diese Menschen nicht und vice versa. Es ist eine Bürde, gleichzeitig ist es ein Anker. Es ist auch etwas, das mich am Leben hält, das mich an das Dasein bindet.

Dasein. Da sein, nicht weg sein. Nicht fort sein. Vorhanden sein.

Kann man das reduzieren, auf ein Minimum? Ich dachte, es wäre schwer, minimal vorhanden zu sein. Es war anfangs schwer. Es war eine ständige Unvollkommenheit. Das ist etwas, das sich verändert hat. Es ist schön. Ich habe mich verändert.

Ich bin gern so allein, wie ich es nur sein kann. Es gibt jetzt eine Ruhe in mir, neben dem vielen Sturm, neben der Glut und dem Feuer gibt es eine schwarzblaue Ruhe, etwas Schleierhaftes. Ich habe tatsächlich die Ruhe in mir gefunden. In mir drin ist sie.

126/183

WHERE YOU HAVE BEEN
I WILL BE,
YEARS TOO LATE.

126/183

So viel Luft zwischen uns,
undurchdringliche
Luft.

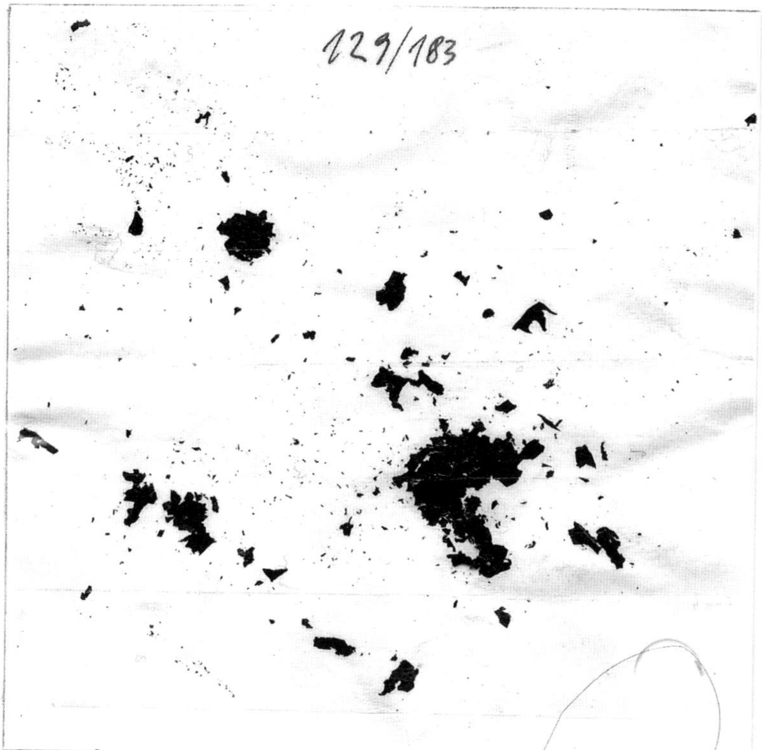
129/183
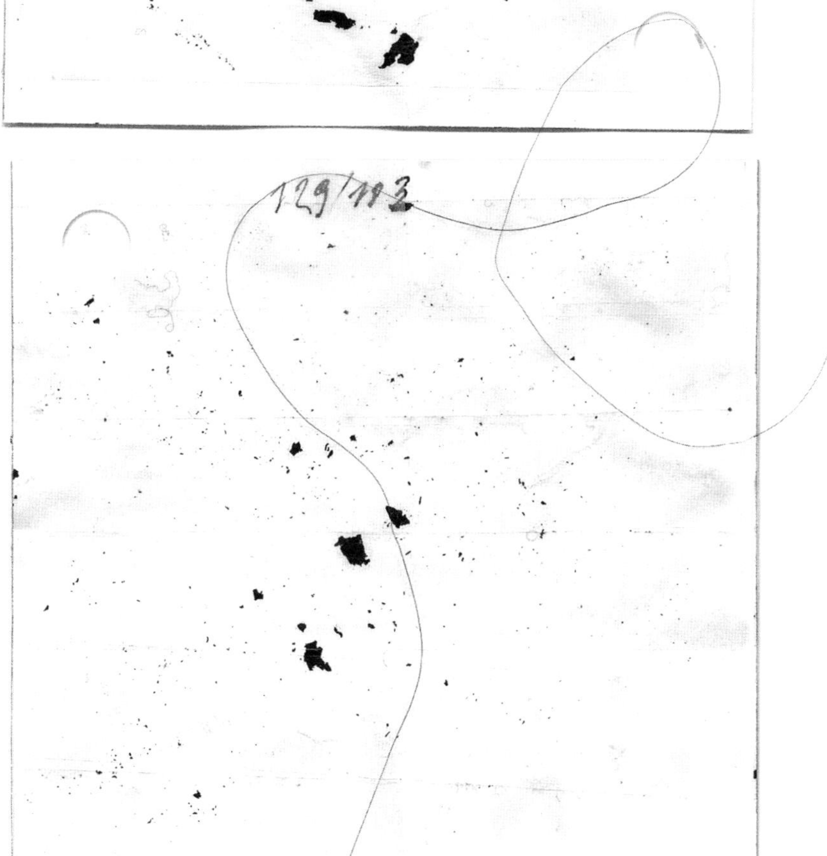

132/183
Schnee verdeckt alles Unwesentliche,
alles farbige, alles bewegliche.
Schnee lässt nur Gerüste zurück,
Strukturen, Anhaltspunkte.
Schnee bringt Stille und Klarheit
in die Wahrnehmung, Schnee
erlaubt einen ungestörten Blick
auf die Essenz, öffnet einen
weiten Raum, wo ein Geist
wandern kann, eine
Simplizität, bereit, ausgefüllt
zu werden.

132/183

Das Land ist eine überbelichtete Schwarzweiß-Fotografie.

138/183

Wo sind die Worte hin?
Habe ich sie aufgebraucht?

143/183

Ein neues Zeichen.

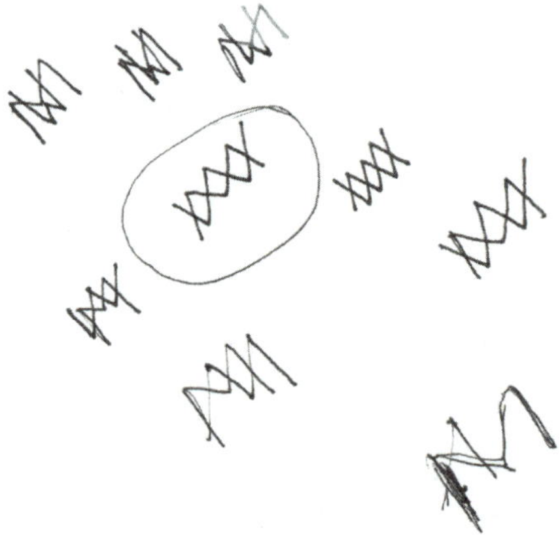

146/183

Anstatt zu erzählen, welche Bücher man schon gelesen hat, möchte ich erzählen, welche Bücher ich noch nicht gelesen habe. Dann kann ein Mensch, der jenes Buch kennt, sagen: Ich kenne das Buch, das solltest du lesen, da geht es um dieses und jenes. Und wenn ich es dann wirklich lese, erkenne ich den Moment wieder. So möchte ich Wissen erfahren.

146/183

Slipeinlagen eignen sich auch als Lesezeichen.

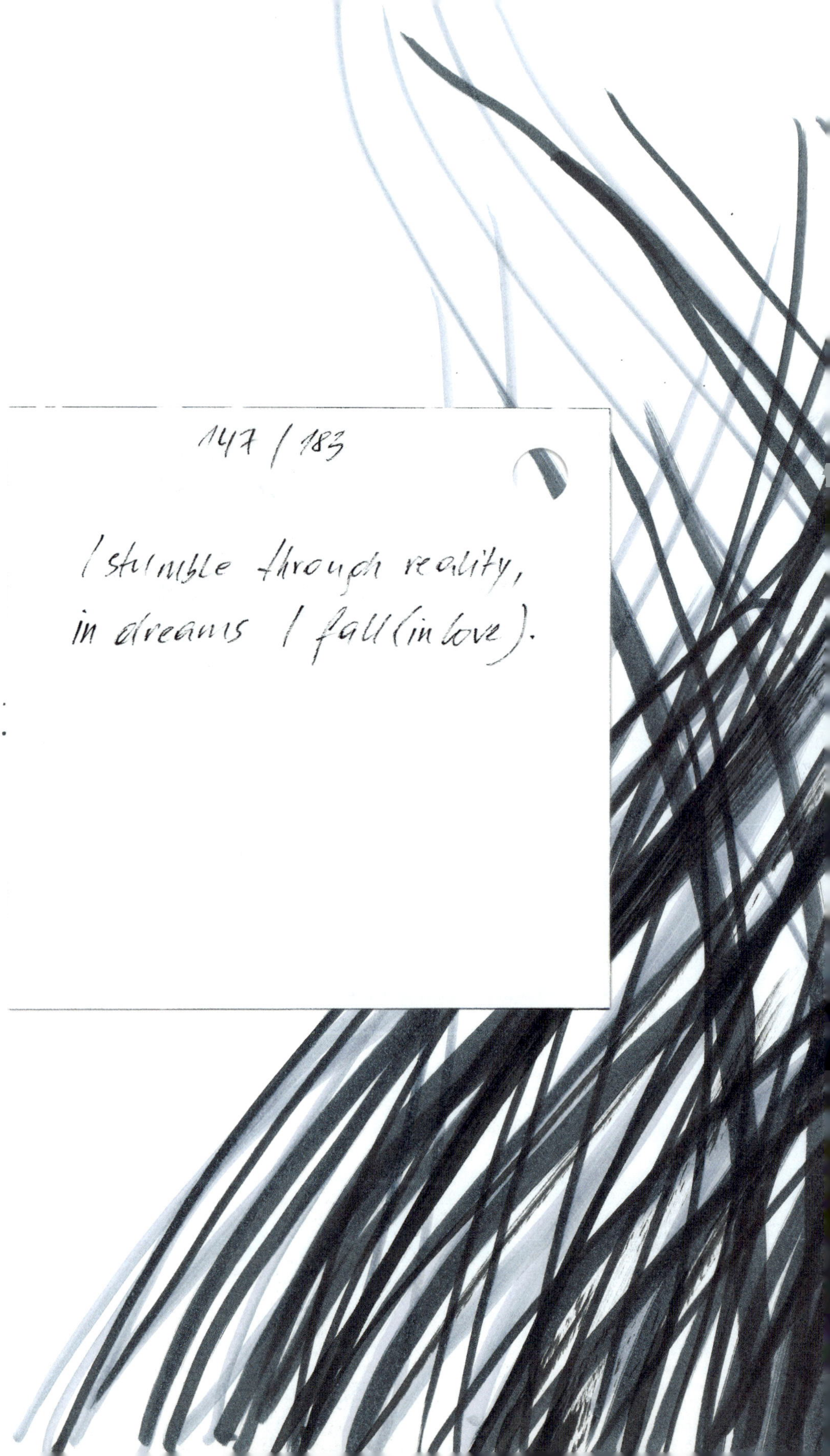

147 / 183

I stumble through reality,
in dreams I fall (in love).

O

Tag 148 von 183.

Allein sein.
(Ein Versuch zur Aussöhnung.)

Ich wünschte, ich könnte mich klonen.

Mein Klon würde in der Nacht im selben Zimmer sein, würde in meinem Bett liegen, wie ein Platzhalterkörper. Ein Platzhalter für ein Subjekt meiner Sehnsucht. Eine unfremde Version eines erwünschten Fremden, mit einer Restbefremdlichkeit, die ganz natürlich aufkommt, denn es läge schließlich ein Klonkörper meiner selbst in meinem Bett.

Ich wüsste, sobald ich aufhören würde, an meinem Tisch zu sitzen und zu denken und zu schreiben, könnte ich zum Bett gehen und mich zu meinem schlafenden Klon legen. Ich würde sofort seinen Körper spüren, der sich befremdlich anfühlen würde, aber gleichzeitig ganz merkwürdig vertraut. Eine dreidimensionale Spiegelung. Ich würde meinen Rücken an den Rücken des Klonkörpers schmiegen, ein sachter Druck würde mir genügen. Eine Anwesenheit, ein Wesen, ein zweites Atmen in den gewärmten Laken.

148/183

NEIN EHRLICH,
HERR SPRENGMEISTER
MICH ÜBERRASCHT
DAS GENAUSO
WIE SIE.

148/183

Psychiatrie
ODER
Gefängnis
ODER KLOSTER

150/183

Das Letzte, was ich jetzt will, baby, ist witzig sein.

151/183

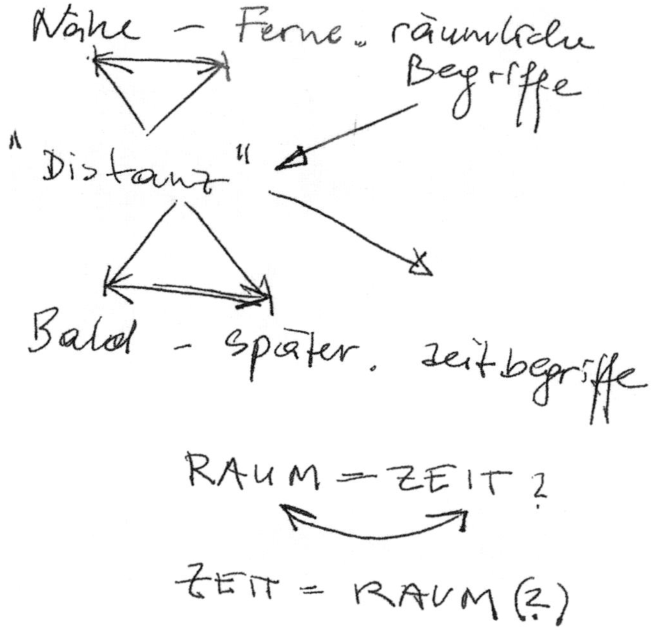

151/183

strategien zur Einsamkeit, Nr. 5:

In jedem Gespräch nur noch "PENIS" sagen, solange, bis niemand mehr mit einem spricht.

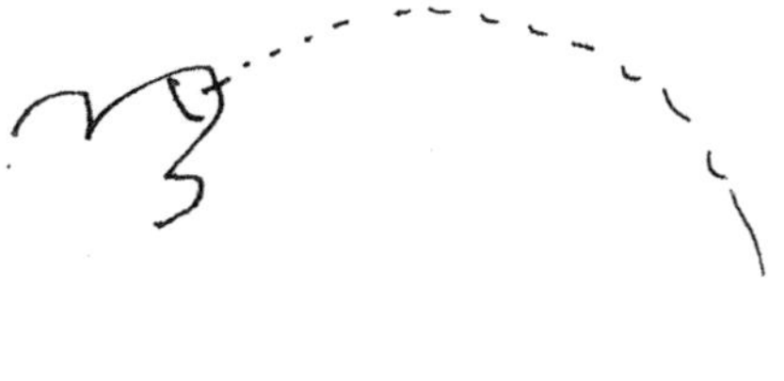

152/183

Nachts umarme ich Bücher.

152 / 183
ich.
auch
ich.

O

Tag 153 von 183 + 28.

Monatliche Nachricht an die Außenwelt.

Nein, ich bin nicht stolz auf diesen Zustand. Immer noch in einer Blockade gefangen, aber auch zu stur, um einfach aufzugeben.

Ich verlängere also noch um einen Monat. Er hat ohnehin nur 28 Tage. Es ist nicht vorhersehbar, ob es mir etwas bringt.

Die Windmühle bin ich selbst.

Bon Voyage.

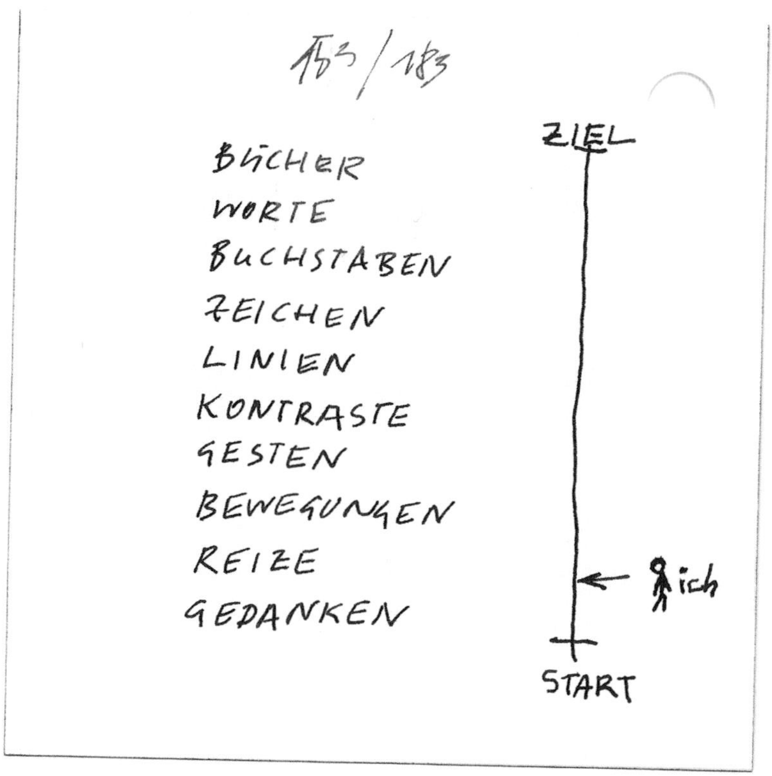

O

Tag 154 von 183.

Wenn es still ist, höre ich jedes Geräusch. Das Surren des Kühlschranks, die Lüftung des Computers, das Vorbeifahren der Autos auf der Straßenseite, den Wind, den Regen, die Grillen und die Vögel auf der Gartenseite der Wohnung, sogar die Toilettenspülung der Nachbarn über mir. Die Geräusche sind sehr leise. Es ist so still, wie es in einer Wohnung still sein kann.

Ich bin umgeben von Geräuschen, die ich gut kenne, und abgesehen davon gibt es nichts. Kein störendes Rauschen, nichts, das die Sinne ablenken könnte. Die Stille der Nacht ist eine verschneite Ebene, weiß und ruhig und überschaubar. Nichts Großes und Bedrohliches kann sich unbemerkt nähern, sich nicht hinter Bäumen oder Felsen verstecken und mich überraschen, mich unvorbereitet antreffen.

Wenn ich auf Reisen bin, kann ich in den ersten Nächten nicht ruhig schlafen, weil ich die Geräusche noch nicht ihrem Ursprung zuordnen kann. Erst nach und nach begreife ich den Rhythmus der neuen Umgebung. Alles hat einen Rhythmus, der sich aus mehreren Komponenten zusammensetzt. Ich lerne ihn durch die unbewusste und aufmerksame Aufnahme von Sinneseindrücken kennen. Das verbraucht viel Energie. Eine neue Umgebung ist eine unsichere Zone. Ich strebe nach Sicherheit, die ich durch Kontrolle erreiche. Ich bin ein ängstlicher, kontrollbesessener Mensch.

Ich mag Stille. Ich mag die Sauberkeit und Ordnung der Stille, den Minimalismus, das Bekannte. Die Stille der Nacht innerhalb meiner mir bekannten Wände ist ein geräuscharmer Schutzraum. Dann kann sich der angstvolle Kontrollfreak endlich ein wenig entspannen. Vielleicht geht auch deshalb nichts über das eigene Zuhause.

Und trotzdem. Am liebsten stehe ich mit dem Rücken zur Wand, nur aus der Angst heraus, es könnte tatsächlich etwas geben, das sich völlig geräuschlos bewegt.

154/183

[VORSICHT VOR DEM
AUSGEWILDERTEN MÄDCHEN]

154/183

In der Stille höre ich den
Schleudergang der Waschmaschine
der Nachbarn über mir.
Ich höre, wenn ein Auto in der
Garage unter mir über eine
Bodenschwelle fährt.

Gerade genug an Zivilisation,
oder, manchmal, sogar das
schon zu viel.

O

Tag 155 von 183.

Und nun: Zweifel.
Zweifel an allem.

Das kommt am Ende von der Verbissenheit und dem Stolz, etwas durchgezogen zu haben, das vielleicht keine große Bedeutung hat.

Viel gelernt, viel begriffen, Neues erfahren. Und jetzt fühlt es sich an wie ein Ende ohne Schlussapplaus. Als wäre alles gesagt. Keine Reaktion notwendig. Stiller Abgang.

So viel Zweifel. Ich sehe mich kaum noch. Er wächst über mich. Er wildert über mich, durchzieht mich mit Wurzelwerk, ich verwittere. Das ist also dieses Verzweifeln, von dem man immer wieder hört. Ich sehe es, wenn ich die Augen schließe. Es ist dunkel. Nicht schwarz, nur dunkel. Ohne Farbe, ohne Licht.

Zweifel. Das sagt schon, dass es zwei Wege gibt, die einen auseinanderreißen. Es fühlt sich richtig an, an diesem Punkt zu sein. Gleichzeitig ist da eine stechende Ahnung, dass es besser wäre, nicht hier zu sein. Als würde ich in die falsche Richtung schauen und versuchen, etwas zu erkennen, das auf der gegenüberliegenden Seite ist. Was, wenn das Höhlengleichnis auch noch einen zweiten Ausweg vorgesehen hatte, dem man bei der ganzen Aufregung keine Beachtung geschenkt hat. Denn da ist diese Ahnung in mir, und sie ist ganz deutlich: Da fehlt noch etwas. Das hier ist noch nicht alles.

Ich habe mich eingeschlossen, um zu suchen, was in mir ist. Ich habe den Weg nach innen gewählt, obwohl draußen doch die Welt ist, von der man so viel lernen kann. Meine Augen wurden schlechter, vielleicht würden sie mir sogar ganz abhandenkommen, ich brauche sie nicht, um in der Dunkelheit zu wühlen.

Ich sollte reisen. Ich sollte nicht hier eingesperrt sein. Warum habe ich mich eingesperrt?

Ich war auf der Suche. Ich habe mich auf einen Weg zurückbegeben, den ich verlassen hatte. Ich habe bei weitem nicht das gemacht, was ich machen wollte. Alles hat sich unter meinen Füßen hinweg verändert. Und das, wo ich jetzt bin, das ist entweder eine Sackgasse oder das Ende. Zweifel. Zweifel im letzten Viertel. Das, wo ich hier jetzt bin, das ist nicht richtig.

Oder doch? Was, wenn genau das der richtige Weg ist? Was, wenn das weder eine Sackgasse noch das Ende ist, sondern eine Tür, die ich irgendwie öffnen muss? Ich sehe nichts, ich spüre nichts. Ist es eine Tür? Vielleicht bin ich auch genau zur richtigen Zeit am richtigen Ort, auch wenn es mir noch nicht klar ist. Vielleicht muss ich einfach hier durch. Daraus lernen. Vielleicht muss ich an dieser Stelle auch einfach lernen, etwas zu beenden. Etwas fallen zu lassen, woran ich einmal verbissen geglaubt hatte. Das ist auch eine Lektion.

154/183
einen Brief schwärzen.

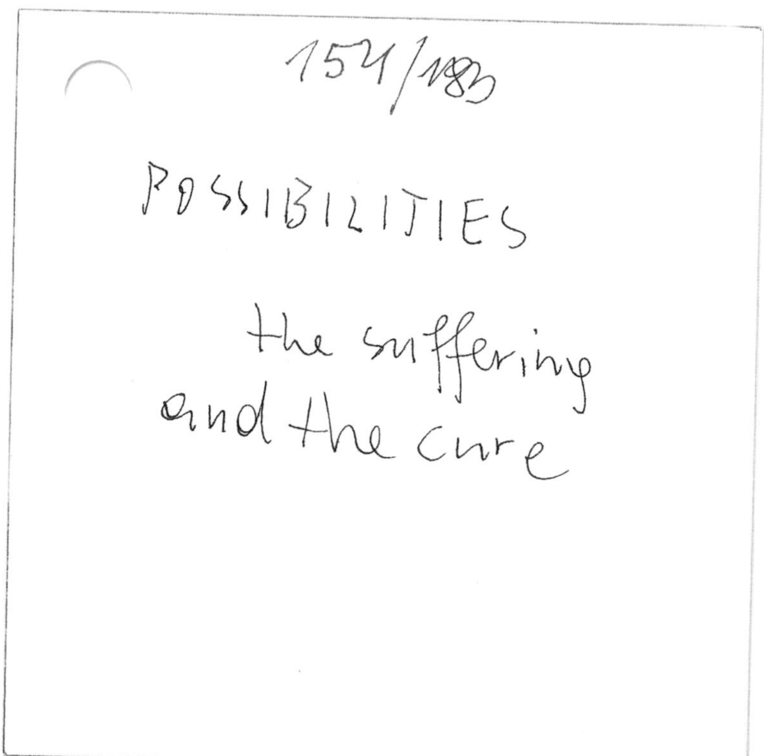
154/183
POSSIBILITIES
the suffering
and the cure

Wien, am 17.11.201[redacted]

[redacted]

Warum ich nicht mit dir sprechen kann

[redacted]

Warum ich dir das schreibe ist wohl, weil [redacted]

[redacted]

Ich wünschte, du würdest mich besser kennen.

155/183

HALLO?

SINN?

157 / 183

Flut

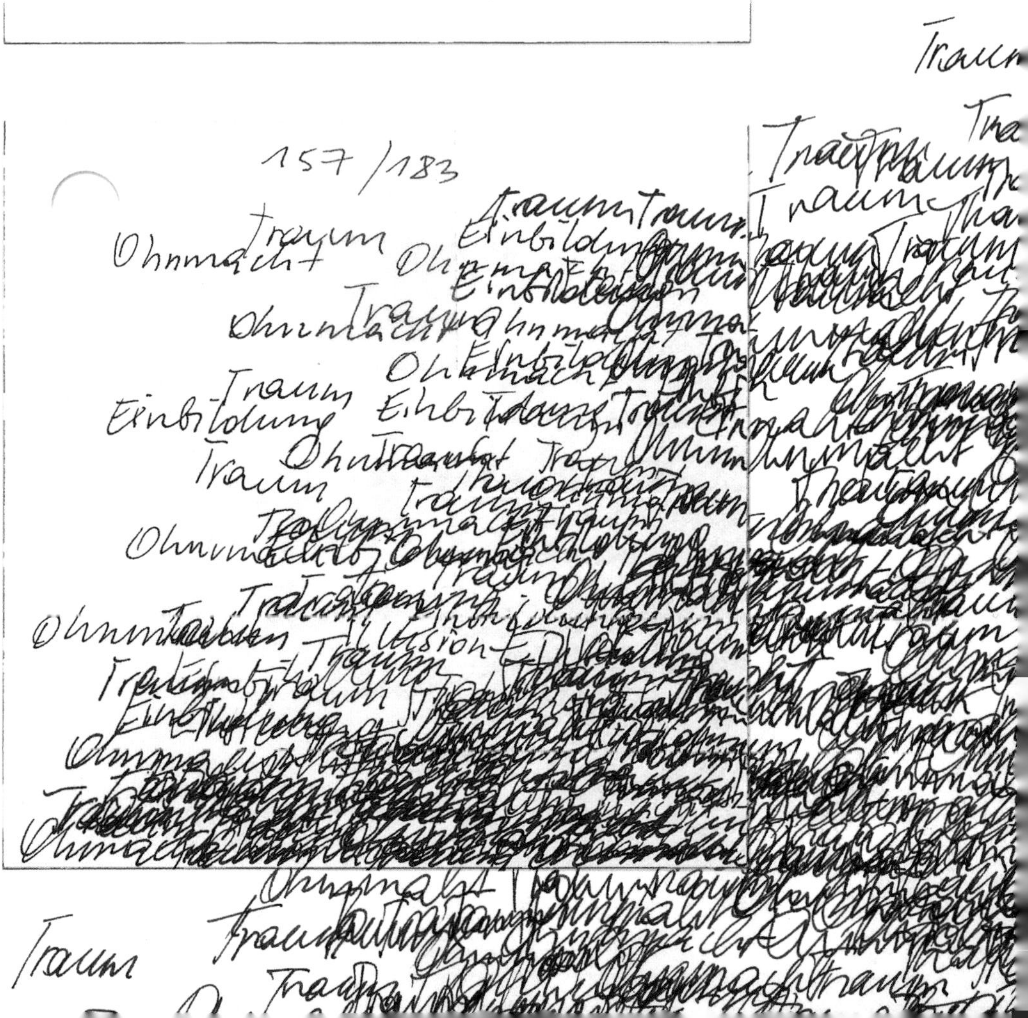

Traum
Ohnmacht
157/183
Muss ich denn wirklich alle noch Dir nur fühlen?

O

Tag 159 von 183.

Einer meiner liebsten Orte hat sich verändert.

Einer meiner liebsten Orte ist eine aufgelassene Bushaltestelle zwischen der U-Bahn-Station Stubentor und dem Café Prückel. Eine verwitterte Bank steht dort, man sieht in Richtung Ringstraße, nach rechts zum Stadtpark, nach links zum Museum für angewandte Kunst. Im Rücken ein Gestrüpp aus alten Rosenstöcken, die fast immer blühen, sogar im Winter. Ein Meer von roten Rosen also, dahinter ein Denkmal und ein gigantischer Baum. Es gibt nicht mehr viele solcher Bäume in der Stadt. Seine Äste überspannen den gesamten Platz, zwei Menschen mit ausgestreckten Armen könnten seinen Stamm nicht ganz umfassen. Auf der verwitterten Bank an der aufgelassenen Bushaltestelle sitzt man wie auf einem Thron. Oft saß ich auf der Bank und ließ die Nacht über die Stadt kommen, beobachtete, wie alles um mich herum blauer wurde. Der Baum atmete aus, die Rosen verharrten stilllebenhaft.

Die Bank ist mein Alleinplatz. Ein Auge inmitten eines Sturmes aus Stadt. Ein Ort wie ein einsamer alter Mensch, früher ein Arbeiter, nun nicht mehr arbeitend, nicht mehr leistend, nur noch vorhanden und mit dem Vorhandensein beschäftigt. Ein Ort, an den man geht, um einfach vorhanden und sonst nichts zu sein.

Niemand wird dich fragen, was du allein auf dieser Bank machst. Das alte Haltestellenschild ist wie ein Beschützer. Seine Waffe: ein Zweck, der nicht hinterfragt werden muss. Und es spricht einen von jeglichem Rechtfertigungszwang frei. Indem man den Schein erweckt, zu warten, bekommt man eine Daseinsberechtigung und die Erlaubnis, an der Stelle sein zu dürfen, an der man ist. Ein auf den Bus wartender Mensch ist kein gefährlicher Fremdkörper.

Jeder Mensch, der von einem anderen Menschen wahrgenommen wird, befindet sich augenblicklich innerhalb des sensiblen Regelwerks einer Gesellschaft. Jede Person bewertet jede andere, übt Kontrolle aus und ist Kontrolle ausgeliefert. Die Verhaltensregeln sind streng, selbst die kleinste Abweichung wird sofort erkannt und misstrauisch verfolgt. Jede Veränderung im Gefüge bedeutet Stress und drängt brutal zur Neuorientierung, zur Neujustierung der persönlichen Grenzen, um nicht selbst einmal derjenige zu sein, der aus dem Rahmen fällt.

Heute im Vorbeigehen bemerkte ich die Veränderung sofort. An der Anschlagtafel klebte ein neuer Busfahrplan. Zuerst dachte ich, ich hätte dem alten Plan, der immer schon dort klebte, nie Beachtung geschenkt, aber das Weiß des neu angeschlagenen Plans war weißer als abgenutztes Weiß und die Kanten waren makellos scharf geschnitten.

Ich ging näher ran, um mich zu vergewissern. Tatsächlich, ein neuer Plan. Mein Alleinort ist kein Alleinort mehr, kein sicheres Terrain, kein Schlupfloch zwischen den Dimensionen mehr. Er ist wieder ein Ort mit Bestimmung, die nun echt ist und auf ihr Recht pocht, vorhanden zu sein und ihren Zweck erfüllt zu bekommen. Sie zwingt den Wartenden, das Warten zu vollenden und in den Bus zu steigen, um fortgebracht zu werden, an einen anderen Ort mit Bestimmung.

Der Ort, der mich nie dazu gezwungen hatte, wegzugehen und meine Bestimmung zu erfüllen, ist nicht mehr.

Was bedeutet diese Veränderung.

160/183

Ich lösche das Licht
und küsse dich innig.
Wir leben in den
Zwischenräumen
unserer Sinne.

O

Tag 160 von 183.

Muss ich denn alles noch einmal durchleben?

Den Entzug, den Verlust von Freunden, den Tod meines Hundes, die Rastlosigkeit, die unbändige Sehnsucht, die Einsamkeit, die Distanz, den Alltag, den Krebs, die Suche nach Ruhe, den Zweifel, den Nebel, die Schwäche, das Hinterfragen der Sinnhaftigkeit, die Entscheidung.

Eine Wand voller Notizen, ein dunkles Meer von Gedanken, sich entfernende Erinnerungen. Wenn ich zu Ende bringen will, was ich angefangen habe, wenn ich zu Körper werden lassen will, was ich erlebt habe, muss ich noch einmal alles hervorholen, mich wieder hineinversetzen, mich an jene Stellen bewegen, von denen ich mich langsam entfernt habe.

Ich bin froh, dass es bald vorbei ist. Froh, aus diesem Experiment rauszukommen, hungrig nach neuen Erfahrungen, hungrig nach dem Mehr. Die Dunkelheit hinter sich lassen. Den Winter vorbeigehen lassen. Frei sein, nach innen und vor allem nach außen.

Und jetzt, zum Abschluss, alles noch einmal durchleben. Alles niederschreiben, einen soliden Textkörper schaffen. Natürlich, mit etwas mehr Abstand, mit mehr Klarheit, aber auch mit mehr Strenge. Die Leichen noch einmal ausgraben, noch bevor sie richtig ausgekühlt sind. Das zerfallende Gewebe analysieren.

Um ehrlich zu sein habe ich einfach Angst. Das ist doch zu viel. Ich will nicht mehr zurückgehen. Das Wissen und die Erfahrungen habe ich herausgefiltert.

Ich bin das Bild eines müden Polizisten, der nach einem Großeinsatz am Schreibtisch sitzt und Protokolle schreibt. Ich habe starke Zweifel, immer noch, was die Sinnhaftigkeit meiner Aufzeichnungen angeht.

Der Mensch … Wie er immer nach einem Sinn sucht. Wie er ohne Sinn nichts tun will, nichts bloß einfach so.

161/183

DER COMPUTER
STÜRZT MICH AB.
ICH GEHE VERLOREN.

DANN, VÖLLIG UNERWARTET,
TAUCHE ICH WIEDER AUF.

168/183

Fühlt sich nicht
an wie Endspurt.

Fühlt sich eher an wie
beginnender Alkoholismus.

168/183

Entscheidungen sind gefallen,
doch der Körper sagt NEIN.

Selbstsabotage.
Warum?
Warum gerade jetzt!?

169/183

ein Motivationsschreiben
an der Klowand verfasst.

Versuchen, zu schlafen.
Nicht schlafen können.
Nichts anderes können, als schlafen.
Versuchen, nicht zu schlafen.
Einschlafen.

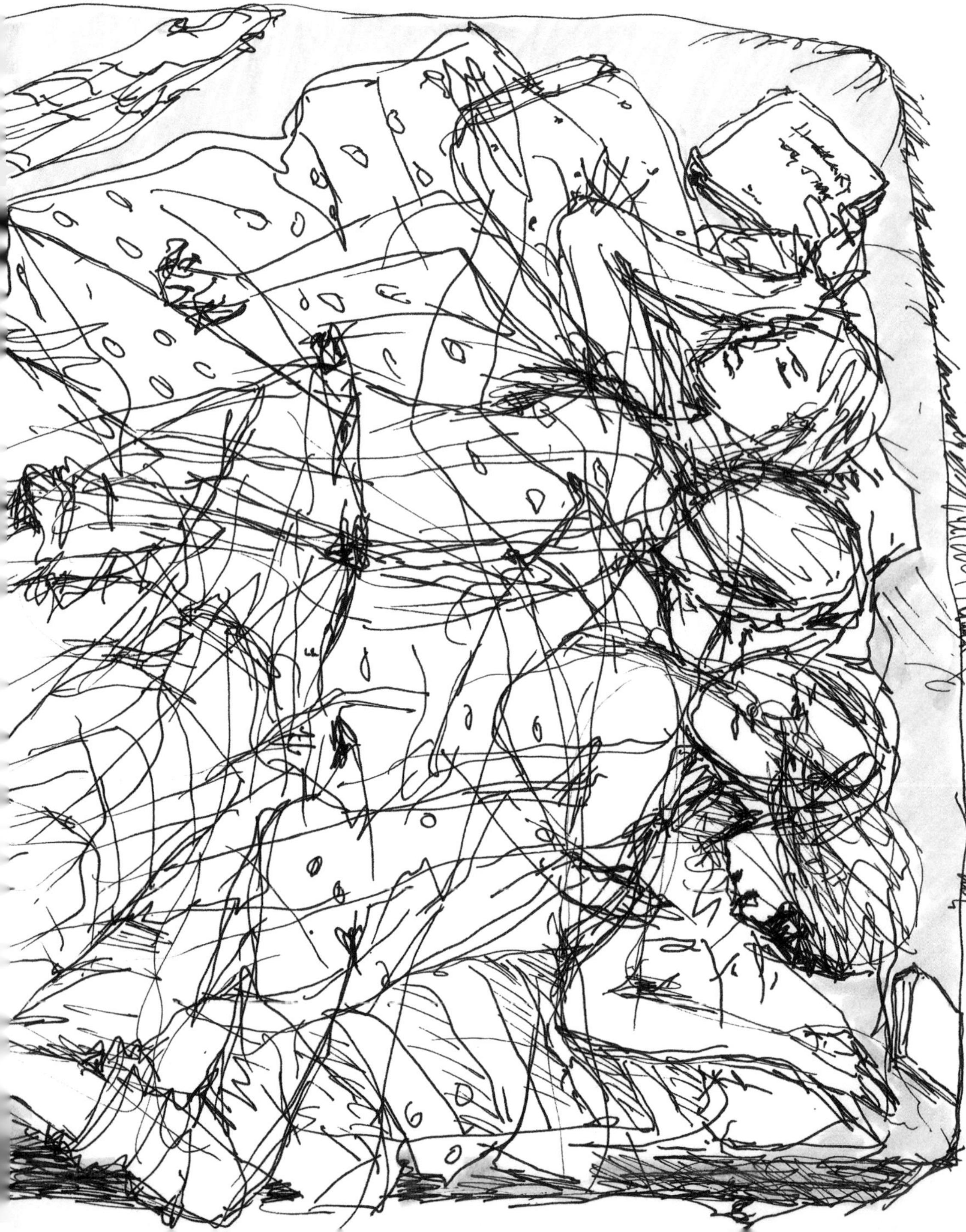

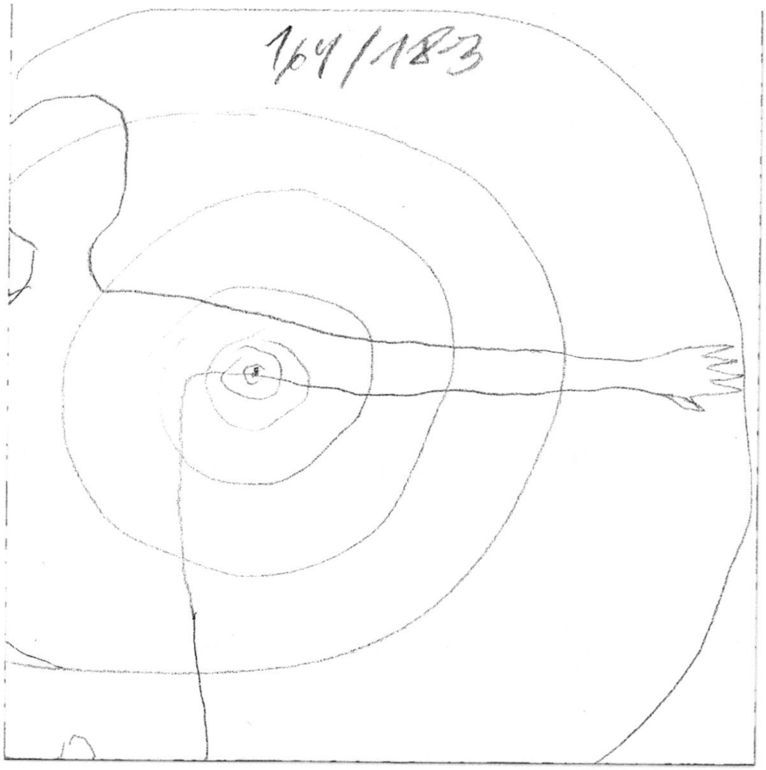
164/1183

O

Tag 170 von 183.

Mein Arm schmerzt schon seit mehr als einer Woche elendiglich. Die Schwellung des Gewebes ist mittlerweile zurückgegangen, doch der eigentliche Herd der Infektion ist immer noch da. Es ist ein hochempfindlicher Gupf in der Größe eines Hodens. Meine schrecklichsten Vermutungen gehen in Richtung Eiterkammer. Ekelhafte Vorstellung. Auf meine angsterfüllte Frage, ob man, wenn es nun solch eine Kammer sei, mit einer dicken Nadel hineinstechen und das darin Befindliche ausdrücken müsse, hieß es, hochdosierte Breitbandantibiotika würden es schon erledigen. Meine Hoffnung, dass das passieren wird, schwindet von Tag zu Tag. Das Ding, was auch immer es ist, schmerzt wie ein Hornissenbiss aus der Hölle. Ich denke ernsthaft darüber nach, mir eigenmächtig eine dicke Nadel in den Eiterhoden zu stechen, aber ich habe Angst vor dem Schmerz und einem Fehler. Ich wünschte, es wäre jemand da, der bei dem hirnrissigen Manöver eine beruhigende Hand auf meinen Rücken legt. Jemand, der mir kommentarlos, einfach nur durch seine Anwesenheit beisteht. Jemand, der nicht an mir zweifelt und mir ein bisschen von meinem Selbstzweifel abnimmt. Dann würde ich meine innere Stärke besser spüren, mein Urvertrauen, alles schaffen zu können, alles richtig und nichts falsch zu machen. Gerade davon ist im Moment so wenig da.

Ich wünschte, das Ding würde einfach aufplatzen. Damit könnte ich am besten umgehen. Ich bin es gewohnt, ständig zu bersten und die Risse meiner Fassade zu reparieren. Schlimm wäre es, wenn es jemand anderer für mich machen müsste. Ein Eingriff von außen, ein Angriff, eine Verletzung meiner Sphäre mit einem scharfen Gegenstand, unter sterilen Bedingungen. Dann doch lieber selbst zustechen, wenn nötig auch ohne beruhigende Hand auf dem Rücken.

170/183

Allein sein ist:
in den Krieg ziehen wollen und vor einem leeren Schlachtfeld stehen.

172/183

OH MAY
THESE BE
OUR DARKEST
HOURS!!!

Das schwarze Licht
am Tag,
das weiße Licht
in der Nacht.

173/183

Der Schlafrhythmus ist so kaputt, ich weiß nicht mehr, ob ich im Gestern oder im Morgen lebe.

173 / 183

Hallo. Ich bin eine
dicke
Schlange, die
ein schönes Mädchen
verschlungen!
hat.

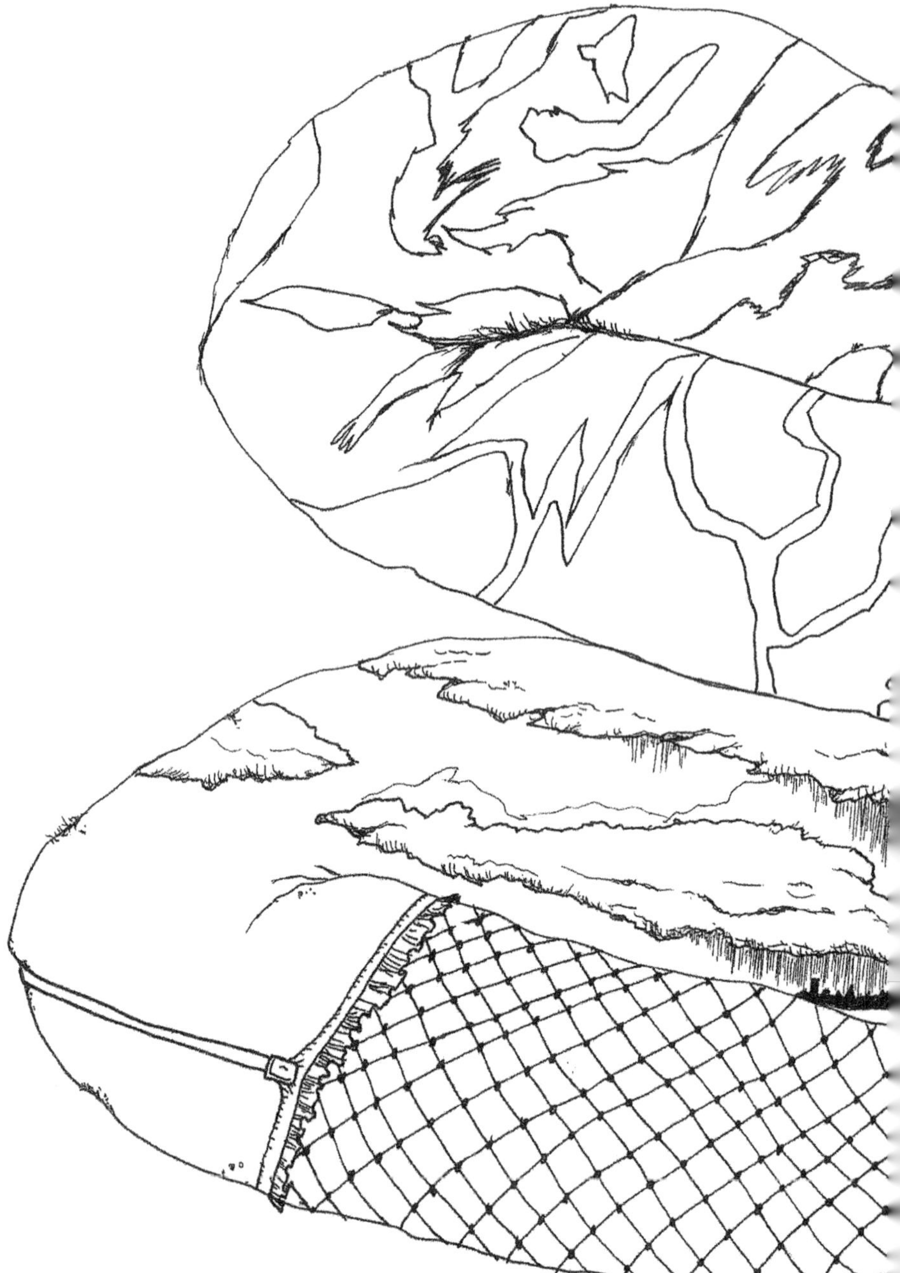

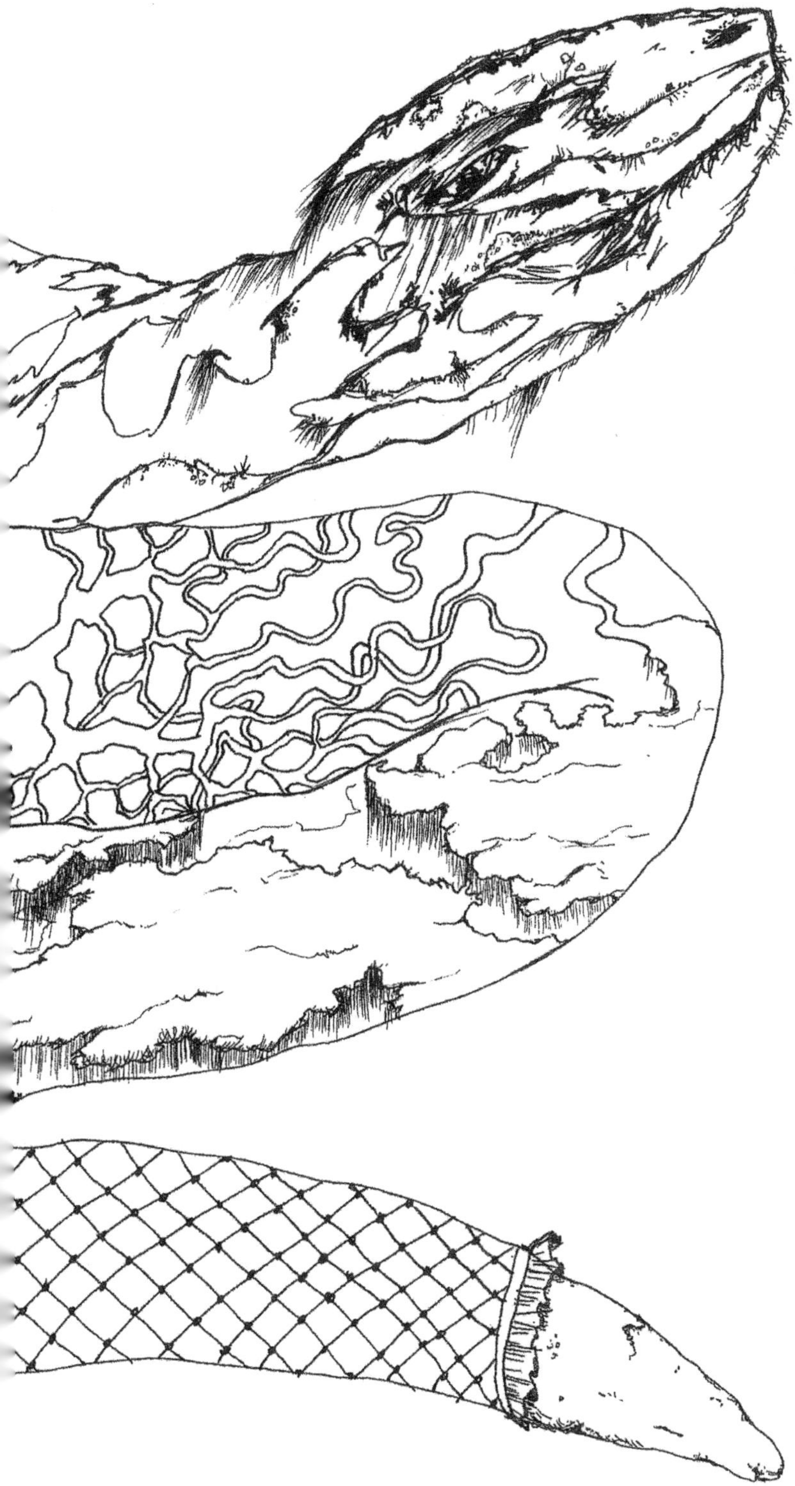

O

Tag 173 von 183.

Es zerreißt mich. Es zerreißt mich, es zerreißt mich, gleich, gleich zerreißt es mich.

Es gibt Zeiten, da fühle ich mich von meiner Außenhülle beengt, da schnüre und klemme ich mich in mir ein. Es fühlt sich an, als müsste ich im nächsten Augenblick bersten, platzen, herausquellen aus dem steifen Korsett meines verkrampften, kleinen Körpers, mich herausschälen aus meiner momentanen Existenz. Wie ein Wurm, der sich häutet. Wie ein Skorpion. Wie eine Schlange.

Fühlt es sich so an, eine Schlange zu sein?

Warum hat ein Mensch dieses Gefühl?

Schon wieder ein Stück weit gewachsen. Schon wieder Veränderung. Schon wieder sich erneuern. Das Alte abwerfen.

Es sind Tage, da weiß ich nicht, wohin mit mir, weiß ich nicht, wohin mit dem, was in mir ist. Dieser Druck. Das killt alles, das macht blind. Ich will es von mir weggeben, ich will es von mir weggeben, hin, hin zu etwas, hingeben, es aus mir werfen, es aus mir herausbrechen lassen.

Das ist auch „Alleinsein“. Nicht fähig sein, zu geben. Und bald ist es so stark, dass man glaubt, verrückt zu werden.

Wenn mich jetzt einfach jemand halten könnte. Mich festhalten, damit ich nicht explodiere. Die Spannung wie ein Blitzableiter von mir nehmen, meine Energie in den Boden lenken, damit ich frei durch die Wolken gehen kann.

Es baut sich auf und es will raus, aus mir.
Ich werde größer und will raus aus mir.
Ich habe keinen Platz mehr in mir.
Warum habe ich dieses Gefühl?

Oft träume ich, dass ich mit vier anderen Menschen zusammen in einem Auto fahre, aber schon im Voraus ist da ein Gefühl der Beklemmung. Mitten auf der Autobahn bekomme ich eine Panikattacke und schreie den Fahrer an, er möge sofort anhalten, am besten gleich auf dem Pannenstreifen. Sobald das Fahrzeug zum Stillstand kommt, schubse und trete ich auch die übrigen Fahrgäste hinaus, weil mir die Enge furchtbares Unbehagen bereitet. Dann klettere ich über die Leitplanke und laufe schreiend auf ein Stück Wiese, atme erst mal durch, beruhige mich letztendlich, woraufhin alle wieder in das Auto steigen, behutsam, ohne ruckartige Bewegungen zu machen, bedacht, mich bloß nicht wieder in Rage zu versetzen. Ich versuche, ruhig zu atmen und fühle mich fast wieder normal. Das Auto fährt weiter. Ich wache auf.

Ich muss immerzu versuchen, mir vor Augen zu halten, wie groß dieser Planet ist. Wie klein ich bin. Wie viel Platz ich habe. Dass ich anhalten, aussteigen und schreiend auf eine Wiese laufen kann, wann immer ich das will.

173/183

SOLANGE ICH NOCH KRAFT HABE, EIN STREICHHOLZ ZU ZÜNDEN, HABE ICH DIE MÖGLICHKEIT, DIE WELT ZU VERÄNDERN.

SOLANGE DIESE HÄNDE NOCH IN DER LAGE SIND, EINEN STEIN ZU WERFEN, SIND SIE ES WERT, NICHT ABGEHACKT ZU WERDEN.

174/183

Etwas kaputtmachen!

Ein Glas gegen eine Wand werfen.
Zuckerwatte anpinkeln.
Einen Charakter zerkauen und runterschlucken.
Eine Taschenlampe ins Feuer werfen.
Etwas Steriles anhusten.

177/18 3

"Vielleicht fehlte dir nur etwas, das dich zündet."

du krieger, läufer, bergmann, ? ... gesicht schroffer felsschlun
kein bergfuchs, sei er auch noch so gerissen, vermag es, s
dämmen, wurzeln zu graben, ein attentäter.
dabei wäre vielleicht nur eine winzige berührung kraft genug,
schwingst di ... en.
steinewerfer ... , das du ve
stolz, ... reien.
am aller ... scheidung.

armer, armer ... n einem gro
macht, ma ... chtigkeit.

auf deine he ... mpfen, land
du wilder be ... o verträumt
all leidi ... ur dunkelhe
... u töten, tö
und licht, ... ts wandern
firmament, ...
romantik ... biet,
romantik ... leidiges se
... de,
und immer ... hter, für d
kul ...
wieviele ... deiner anw
best
nun ... n weichen,
... ten mensche

also hin zu
auf zum fina
was haben sie sich eingebildet, törichte würmer.
sprach er, wurde dunkelrot und ließ seine meere toben,
alles zwecklos

ch hernieder auf geiers weiten schwin
dich zu be
, fallen, fallen ist das einzige gesetz
stolz und fall und anmut
liebsten ist dir der augenblick der ent

alter mond. wie sehr wünscht du dir, i
cht, stolz, stolz und anmut und die lei

rrin erde draufzufallen, meere zu verda
rfuchs, mann der schroffen worte,
g leben, das dich über jahrmilliarden s
du kennst nur kalt und sonnenschein,
hat,
[illegible]
u ihrer unterhaltung.
[illegible] mond, das ist nicht dein ge
, sagst du, sei eine krankheit. ein wel
zu wenig stolz, zu wenig wür
zu das laienhafte nachgeahme großer dic
isse dienen musstest.
sagen, wieviele mythen musstest du mit

möchtest du nur mehr rache, rache an de
nimmersat
musst du dich selber bringen.

sturze,
len fleischzermalmen

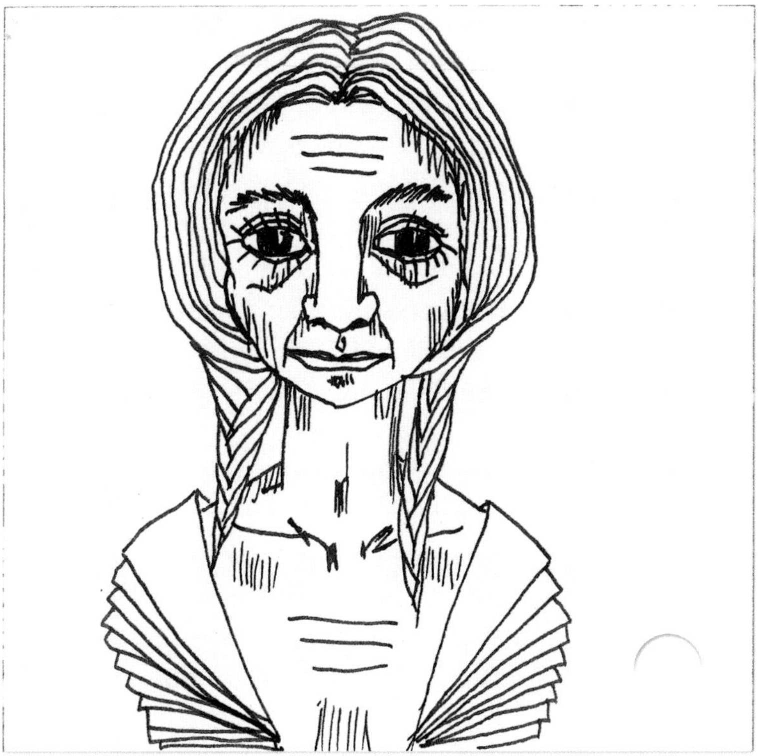

O

Tag 183 von 183 (+?)

Monatliche Nachricht an die Außenwelt.

Ein bisschen spät dran:

Hallo. Es ist Februar. Ein halbes Jahr ist um.

Ich bin müde. Ich bin körperlich und geistig müde.

Was ist geblieben. Ich habe mich in diesem Nebel eingelebt. Dunkel erinnere ich mich an die Verzweiflung des Alleinseins, an all die Sehnsüchte und das Bangen und Warten. Es ist beinahe verhallt. Die Stille hat schlussendlich Besitz von mir ergriffen. Im Moment kann ich nicht voraussehen, wie sich diese Zeit auf mein kommendes soziales Leben auswirken wird. An der Sympathie zu meinen Freunden hat sich nichts geändert. Manche von ihnen habe ich in der Zeit des Rückzugs getroffen und es war jedes Mal einzigartig und wunderbar. Ich freue mich auf kommende Begegnungen, aber ich werde langsam zurückkommen, nicht, wie ich es mir am Anfang ausgemalt habe, mit einem großen Knall und einem Wiedersehensfest. Um ehrlich zu sein, bin ich noch nicht richtig bereit, ganz zurückzukommen. Somit war die Entscheidung im letzten Monat richtig, ein weiteres Monat dranzuhängen.

Ich werde langsam zurückkommen. Der Februar ist keine starre Mauer. Die starre Mauer hat es in Wirklichkeit nur in den ersten Monaten gegeben, danach habe ich mit Freiheit und Gefangenschaft, mit Schweigen und Kommunikation experimentiert. In den letzten Wochen habe ich wieder damit begonnen, auf Twitter und Facebook zu schauen, aber die Prioritätenskala muss neu gesetzt werden, es wird Veränderungen geben.

Ein halbes Jahr ist vergangen. Eine irre Zeit, wenn man zurückdenkt. Sie hat mich geprägt und verändert, wobei ich glaube, mir noch nicht einmal aller Veränderungen bewusst zu sein. Meine Augen sind schlechter geworden, weil ich mich auf das Sehen des Nahen konzentriert habe. Der Fokus der Wahrnehmung hat sich verlagert, auf Dinge, die nah sind, in meinem unmittelbaren Wirkungsbereich. Diese 183

Tage haben mich ungeahnt herausgefordert. Wenn auch wenige äußere Einflüsse mitgespielt haben, mein Selbst hat mir keine Ruhe gelassen. Was mir nahe war, das war auch an mir und in mir, gleichzeitig hat sich die Welt im Inneren seltsam nach außen gestülpt. Es gibt viel Neues: neue Menschen, neue Erfahrungen, neue Verbindungen zu Bestehendem, neue Sichtweisen. Selbst durch den gröbsten Verlust entsteht etwas.

Das Alleinsein. Es brachte die Erkenntnis, dass man nie völlig allein sein kann. Der Unterschied besteht in der Perspektive der Größenverhältnisse. Ist man ein Mensch, ein bewegter Körper, ein wirkender und aufnehmender, dann kann man nie wirklich allein sein. Es ist immerzu etwas da. Etwas, jemand, Zeit. Nur, je mehr man zu seinem innersten Kern vordringt, je näher man der eigenen Quelle kommt, desto kleiner wird die selbstwahrnehmende Entität, desto weiter weg rückt die äußere Hülle des Daseins und der äußeren Umgebung. Es ist wie ein Atom, das an sich schon unglaublich klein ist, doch dessen innere Distanzen – von Elektron zum Kern – fast noch unglaublicher sind. Ich habe meinen innersten Kern noch nicht ausgemacht. Und vielleicht gibt es den Kern auch gar nicht, vielleicht ist jeder Moment, jede Wahrnehmung eines Selbst und der Welt draußen, jeder Gedanke nur ein Standbild eines sich unendlich in sich wiederholenden Fraktals.

Hach. Soweit meine Stimmung gerade.

Es ist noch so viel zu tun. Die Aufarbeitung des Projekts wird sich voraussichtlich bis Mitte April erstrecken, da möchte ich dann – so alles gut läuft und keine weiteren freakigen Unvorhersehbarkeiten auftauchen (hast du gehört, Universum, es reicht jetzt mal) – ahh, wo war ich … also bald gibt's dann ein Buch und eine Installation.

Wenn ich nur nicht so müde wäre …

Wir sehen uns also.

BIS BALD!

183/183

Heute ist ein besonderer Tag, aber alles, was ich habe, ist ein müdes Fazit.

183.

huhu!
ja... ich.. ähm...
HALLO..!
mhm!
hi.
hey hey
..ich bins.
...ich bin wieder da...
Hallihallo.....

Ianina Ilitcheva,

geboren 1983 in Angren, Usbekistan, lebt seit 1991 in Wien. Sie studierte Malerei an der Akademie der bildenden Künste und seit 2013 Sprachkunst an der Universität für angewandte Kunst in Wien. Veröffentlichungen in Literaturzeitschriften und Anthologien. „183 Tage“ ist ihr erstes Buch.

www.detailsinn.at

www.kremayr-scheriau.at

ISBN 978-3-218-00995-9

Gedruckt mit freundlicher Unterstützung durch die Ch. Reder Foundation und die Kulturabteilung der Stadt Wien.

RD Foundation Vienna
Research | Development | Human Rights
Gemeinnützige Privatstiftung

WIEN KULTUR

Copyright © 2015 by Verlag Kremayr & Scheriau GmbH & Co. KG, Wien
Alle Rechte vorbehalten
Schutzumschlaggestaltung: Chloé Thomas
unter Verwendung eines Motivs von Ianina Ilitcheva
Lektorat: Tanja Raich
Satz und typografische Gestaltung: Chloé Thomas
Druck und Bindung: Druckerei Theiss GmbH, St. Stefan i. Lavanttal

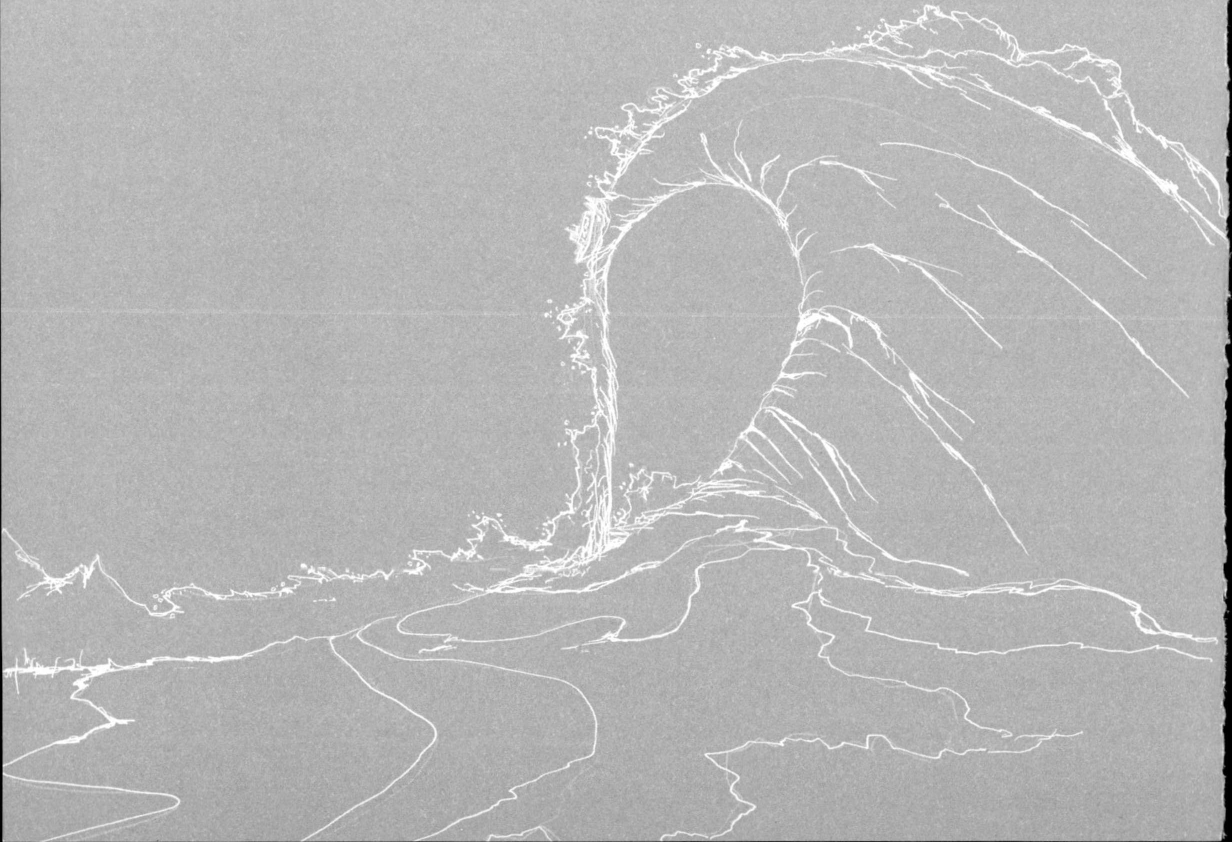